무간도 가이아의 성소

덴마 어나더 에피소드 3

DENMA
ANOTHER EPISODE 3
무간도 가이아의
성소

dcdc 장편소설

차 례

　〈덴마〉의 외전 소설을 기획하고 있다는 이야기를 듣고, 나는 프리랜서 작가가 결코 해서는 안 될 한마디를 꺼내고 말았다. "전 〈덴마〉의 외전 소설을 쓰는 거면 돈 안 받고도 할 수 있어요." 당연히 돈은 받았지만—세상에는 상도덕과 시장질서 그리고 동료작가에 대한 예우가 있기에 무료 혹은 싼값으로 원고를 써서는 안 된다—그 순간은 진심이었다. 〈덴마〉라는 거대한 세계관의 일부가 될 수 있다면 내가 소설 한 권을 집필하는 정도야 손해는커녕 오히려 영광이자 이득이라 계산했기 때문이었다.

　분명 막중한 책임을 요구하는 일이기는 했지만 자신도 있었다. 이 자리를 빌려 선언하건대 나보다 글을 잘 쓰는 SF작가는 무척이나 많다. 나보다 〈덴마〉를 사랑하는 덴경대는 훨씬 더 많다. 하지만 〈덴마〉를 사랑하는 SF 작가로 한정지을 경우, 나는 제법 높은 순위에 꼽힐 사람이라 자신한다. 애초에 이 dcdc라는 닉네임부터가 스포츠신문 사이트에서 연재되던 〈아색기가〉를 조금이라도 빨리 보기 위해 최대한 간단하게 타이핑할 수 있도록 만든 ID였다. 이후 이 ID를 필명으로 삼게 되리라고는, 또 양영순 작가님의 작품을 소설화하게 되리라고는 상상하지 못하고 만든 것이기는 했으나 하여튼 뭐 그렇다.

20세기 말과 21세기 초 한국 만화를 즐겨 읽은 독자에게 양영순 작가님은 각별한 의미를 가질 수밖에 없다. 〈누들누드〉나 〈아색기가〉처럼 대가리를 깨버리는 발상의 작품군에서 〈천일야화〉나 〈덴마〉처럼 광활한 대서사시를 담은 작품군까지 다양하고도 독특한 세계를 독보적인 화력으로 그려내는 양영순 작가님에게 어찌 주목하지 않을 수 있겠는가? 독자가 아닌 작가의 입장에서도 양영순 작가님은 감탄스럽기 그지없는 인물이다. 주 3회 연재라는 고된 일정을 몇 년째 지속한다는 것은 고작 잦은 지각으로 폄훼할 수 없는 위업이다. 단순히 작업량만 대단한 것도 아니다. 〈덴마〉라는 시리즈 안에 그려지는, 이제까지 쉽게 찾아볼 수 없던 거대한 세계관과 다양한 인간 드라마는 믿기지 않을 정도의 완성도를 자랑하니까.

그렇기에 이 〈덴마〉의 외전 소설은 나 개인의 작업이기보다는 양영순 작가님과 〈덴마〉에 대한 헌사가 되도록 목표했다. 나 따위의 장기자랑보다는 양영순 작가님의 족적을 따라가는 과정이 훨씬 더 의미가 있는 작업이 되리라 생각했기 때문이다. 그래서 이 외전 소설 시리즈 세 작품은 내가 개인적으로 파악한 양영순 작가님의, 〈덴마〉의 일면들을 순차적으로 담아내도록 기획한 바이다. 이 기획은 일종의 필연이나 다름없었다. 양영순 작가님은 언제나 명작을 만들었지만 그 명작들은 하나같이 하나같지가 않았다. 시대가 변화함에 따라 작가 스스로부터가 적극적으로 변화를 모색하고 또 성공적으로 달성했기 때문이다. 그런 만큼 〈덴마〉의 외전 소설을 집필함에 있어 어느 시기의 분위기 하나만을 담고 이것이 내가 해석한 양영순이라 선포할 경우, 우주가 팽창하는 속도보다도 빠르게 진화하는 양영순의 성취를 지울 위험이 컸다.

이러한 위험을 피하기 위해 이 〈덴마〉의 외전 소설은 3부 구성을 갖추고 있다. 『물리적 오류 발생 보고서: 덴마 어나더 에피소드 1』은 〈덴마〉 초기의 분위기를 담고자 했다. 당시의 작품을 낡은 언어로 표현하자면 순정마초라고 할 수 있지 않을까. 어두운 과거를 숨긴 한 남자가 비정한 임무를 맡게 되나

이 모든 것은 아이와 여자를 지켜내기 위한 희생이라는 그 서사들 말이다. 물론 이는 2019년에 재생산될 만한 서사가 아니며 양영순 작가님 스스로부터 이미 극복하신 지 오래인 한계점이다. 그래서 에피소드 1은 기만적인 남성을 1인칭 화자의 주인공으로 삼아 비판적으로 묘사하려 했다. 주인공이 여성을 꽃으로 비유한다거나 자기 잘난 맛에 사는 모습을 담으려 한 것은 다 이러한 맥락에서이니 부디 참고 넘어가주시길 간청하는 바이다.

에피소드 1의 기반으로 삼은 작품은 '마리오네트' 편이다. 짧지만 강렬한 이 내용에는 반드시 무언가 더 말할 만한 거리가 있겠다는 생각에 제일 먼저 쓰겠다고 밝힌 이야기였다. 죽은 아내의 시체를 조종하면서 행복한 일상을 연기하는 남자라니. 그 상황을 타이핑하는 것조차 께름칙한 일이다. 누군가를 조종하는 능력은 비윤리적으로 돌출되기 쉽다. 작가로서도 다루기 저어되는 소재다. 그럼에도, 혹은 그렇기에 〈덴마〉 초기의 그 분위기를 다시 말하기 위해서는 꼭 필요한 에피소드였다고 생각한다.

나아가 『별을 수확하는 자들: 덴마 어나더 에피소드 2』는 〈덴마〉 중반부의, 은하계 규모로 펼쳐지는 고산 공작가와 엘 백작가의 정치극과 비슷한 분위기를 담으려 했다. 이 중반부가 있기에 〈덴마〉 시리즈가 한 개인의 성장담이 아닌 우주 규모의 군상극으로 완전히 자리매김할 수 있었지 않을까? 그렇기에 〈덴마〉의 외전 소설에서도 꼭 8우주 안의 정치적인 갈등들을 다뤄보고 싶었다. 연재 분량과 내게 주어진 재량권을 감안하여 이야기의 스케일은 태양계 단위도 아닌 행성 하나나 둘 정도로 좁혀서 진행하기는 했으나 〈덴마〉의 열성팬들, 소위 '덴경대'들이 조직되는 계기가 된 몇몇 중요한 에피소드들과 인물들에 대한 직간접적인 연결고리를 남겨놓는 것으로 작은 스케일의 한계를 극복하려 했다.

여기서 중심이 되는 인물은 가야와 다니엘 두 인물이다. 본편에서 지나가는 대사 몇 문장으로 둘 사이의 심각한 과거사를 짐작하게 만들었으니 한 번쯤은 풀고 넘어가야 하지 않겠느냐 생각했기에 양영순 작가님에게 이 또한 꼭 다루고 싶다고 요청 드렸던 바이다. 또한 정치극을 통해 큉들의 연대와 연대 이면의 분열을 다루고도 싶었다. 〈덴마〉는 결국 질시와 박해 양측의 대상이 되는 큉들의 이야기이기도 하니 말이다. 〈덴마〉의 8우주라는 공간은 잔혹하고 악랄한 자본주의 법칙이 지배하는 세계다. 그리고 이렇게 어둠이 짙은 곳에는 반드시 빛을 찾는 사람들이 있기 마련이다. 그런 이야기를 하고 싶었다.

마지막으로 『무간도 가이아의 성소: 덴마 어나더 에피소드 3』은 우주 규모의 정쟁만이 아니라 그에 휘말린 개별 인물들마저 서사에 포섭하는 데 성공한 현재의 〈덴마〉와 같은 분위기를 담으려고 했다. 에피소드 1이나 2에 비해 좀 더 유들유들하고 넉살 좋은 인물들이 여유를 갖고 사고하도록 배치한 것 역시 그 목표의 연장선상이었다. 물론 그 와중에도 양영순 작가님과 진행한 미팅을 통해 내가 다루어도 된다고 허락을 받은 소재 몇 가지에 대한 힌트를 담는 것도 잊지 않았다.

에피소드 3의 배경이 되는 공간은 무간도 가이아다. 우선 작중 많은 지점들은 양영순 작가님에게 들은 설정과 내가 양해를 구한 지점 사이에서 타협을 해 어느 정도 가감을 한 것임을 밝혀둔다. 무간도 가이아는 더 많은 이야기를 할 수 있는 공간이거늘 감히 내 손을 거쳐 소개하는 것이 옳은가 의문이 남았기에, 소설에서 무간도 가이아를 묘사할 때 의도적으로 본편의 설정을 염두하지 않은 부분을 몇 장면 남겨두었다. 또한 3부는 작중에는 아예 등장하지조차 않는 다이크와 이델에 대한 이야기이기도 하다. 나는 이 둘이 하이스트 장르에 정말 잘 어울린다고 생각한다.

집필에 앞서 고전 명작으로 분류될 작품 몇 편을 참고했다는 사실 또한 밝혀두겠다. 각 부는 영화 〈대부〉와 〈지저스크라이스트슈퍼스타〉 그리고 〈오션스 11〉을 〈덴마〉의 세계관으로 재구성하는 것이 목표였다. 〈오션스 11〉을 참조한 에피소드의 경우 내 나름의 기조 아래 작품을 재구성하다 보니 그 후속편인 〈오션스 8〉의 몇몇 장면을 따라한 것이 아닌가 의심을 살 만한 설정 몇 가지가 나왔지만 영화가 개봉되기 전에 쓴 소설이 맞다. 이외에도 레퍼런스로 삼은 작품들은 많으나 길게 적지는 않겠다.

이렇게 다 다른 기조 아래서 집필한 3부작이지만 이 이야기 전부를 관통하는 테마는 분명하게 잡아두었다. 거짓말, 암살자, 신, 사랑, 킹의 다섯 가지 키워드가 다른 방식으로 변주되도록 말이다. 양영순 작가님이 일련의 작업 끝에 정교하게 직조해놓은 기존 세계관이 없었더라면 모두 다루기 어려웠을 테마다. 이 자리를 빌려 〈덴마〉라는 명작을 집필하고 계신, 또 나에게 그 대업의 말석이나마 착석하도록 허락해주신 양영순 작가님에게 감사의 인사를 드린다. 뭇시엘.

2019년 여름

dcdc

1

"아가씨. 아가씨가 오늘 클럽에서 본 아가씨 중 제일 예뻐."

시작이 좀 이상하지? 하지만 어쩔 수 없어. 일번이 저렇게
말했을 때에야 술이 깨더라고. 내가 어지간하면 절대로 취하
지 않는데 그날처럼 퍼마신 날이 없었다니까. 그러니 제대로
된 기억도 여기서부터야. 행성 칼바리오에서 제일 잘나가는
클럽에서 정신 나간 킁쟁이들이 여자를 꼬시는 장면부터.

"언니. 언니가 한 멘트가 올해 클럽에서 들은 작업 멘트 중
두 번째로 구려."

"정말? 그러면 첫 번째는?"

"바지 벗고 작지만 소중한 기쁨을 덜렁거리면서 구애의 춤
을 추던 애가 있었어."

15

"좋아. 두 번째군. 하지만 내 얼굴은 첫 번째잖아?"

여자가 웃더군. 일번이 한 말이 틀린 말은 아니었을 거야. 너도 봤겠지만 일번은 내가 본 여자 중에서 가장 잘생겼어. 새하얀 피부에 백발 그리고 보랏빛 눈동자까지. 나야 남자이기는 하지만 일번이랑 잘 수 있다면 여자여도 나쁘지 않겠다는 생각마저 들더군. 다만 그렇게 하기에는 내 테스토스테론이 넘쳐서 시도를 하지 않았을 뿐이지.

일번은 어느새 왼손으로 눈앞의 여자와 깍지마저 끼고 있더라고. 오른손이 어디서 뭘 하고 있었는지는 굳이 말하지 않겠어. 자극이 센 장면이니까. 그런 다음에는 시시덕, 시시덕. 일번이 여자에게 뭐라고 속삭이긴 했는데 여자의 표정만으로는 무슨 이야기가 오갔는지 잘 모르겠더라고. 사실 여자는 진작부터 일번이 알파벳을 A부터 Z까지 읊었어도 경청할 얼굴이었거든.

"정말로 아쉽지만 오늘은 일행이 있어. 내가 보살펴야 할 애처로운 영혼이 둘이나 있다고. 저기 보여? 두 명, 앉은 친구들. 한 명은 자이카족이야. 응. 온몸이 불투명한 수정으로 이루어진 무뚝뚝한 돌덩어리 종족이지. 저 친구는 쿨해. 멋져. 근데 예쁘지만 너무 딱딱해서 여기 사람들이랑 놀 생각은 없대. 그리고 그 옆에 쟤 말야. 저기 가면 쓴 덜 떨어진 친구. 저 친구는 오늘이 태어나서 클럽에 처음으로 와본 날이거든. 믿어져?"

"언니는 언니 친구가 쓴 가면을 보고도 못 믿어?"

"아픈 걸 잘 찔러. 그래도 병 때문에 쓴 거니까 놀리지는 말자."

웃지 마. 그 마스크, 나름 정든 가면이라고. 새까맣고 매끄럽고 심플한 디자인이 딱 내 취향이었다고. 어쨌든 일번은 싱긋 웃더니 품에서 명함을 한 장 꺼내서 여자에게 건넸어. 그러고는 오른손을 보이지 않는 곳에서 보이는 곳으로 되돌린 뒤 여자의 뺨을 쓰다듬더라.

"그러니까 여기, 연락처야. 아침에 일어나서 내 얼굴 기억나면 연락해."

"걱정 마. 언니가 한 멘트를 잊을 만큼만 마실게."

일번은 여자의 뺨에 입을 맞추고는 의기양양한 표정으로 우리 테이블로 돌아왔어. 그리고 왼손에는 처음에 말했던 대로, 여자가 차고 있던 입장권 팔찌를 들고 있었지. 나는 조용히 양손을 들어서 항복을 선언했어.

'인정할게요. 정말로 게오르그 필터로 보이는 파장에 변화가 거의 없군요.'

'말했잖아? 이 동네에서 도둑질로 밥 먹고 살려면 이 정도

는 해줘야 해.'

머릿속에 일번의 거들먹거리는 목소리가 들렸어. 이번 덕분이었지. 이번은 일번이 말했던 대로 자이카족이고, 이 수정으로 된 육체를 가진 종족의 특기는 텔레파시 능력이거든. 이번은 그중에서도 특출 난 재주꾼이었어.

일번은 자리에 앉기 전에 방금 그 재주를 또 선보이더군. 손에 쥔 입장권 팔찌를 다시 여자의 팔목에 돌려보냈어. 질량 등가치환. 손바닥에 올린 물건과 같은 질량의 물건의 위치를 뒤바꾸는, 꽤 유용한 능력이야. 그리고 그 능력이 기체와 고체를 치환할 정도로 숙련되었다면, 행성 칼바리오의 첫째가는 도둑 손에 주어졌다면 더더욱 그렇지.

'결국 우리 사업에서 중요한 건 힘의 크기가 아니야. 오히려 크면 클수록 방해지. 위성한테 감시당하는 하이퍼 큉들이 어디 우리 같은 좀도둑질을 할 수나 있겠어? 하지만 나 정도 되면 뭐, 구룡도 같은 곳도 우습다고.'

'그럼 거기 가서 지내기만 해도 되는 거 아녜요?'

'구룡도 무희는 취향이 아냐. 그리고 그런 곳은 내가 능력을 쓰는 현장은 못 잡더라도 내 배경은 찾아내게 되어 있어. 어지간한 뒷배 없이 갈 만한 곳은 아니지.'

그 말대로 그 능력을 쓸 때 내 가면의 시야에 표시된 일번

18

의 파장 수치가 거의 변하지 않았다는 점에서 이 사람의 진가를 알 수 있었어. 게오르그 필터가 중심인 감시 시스템은 일번 앞에서는 전부 무력화가 되니까.

일번은 자연스레 이번의 어깨에 팔을 두르고는 술잔을 가볍게 비웠어. 망할, 그 인간들 정말 술이 세더라고. 이번이야 온몸이 광석으로 되어 있으니 술에 강한 게 놀랍지는 않은데 일번도 이번 못잖더라. 나는 흔들거리는 무릎을 억지로 부여잡고 자리에서 일어났어.

'가면청년. 할 수 있겠어?'

'해낼 겁니다. 걱정하지 마십쇼.'

당당하게 말한다고 하기는 했는데, 혀가 좀 꼬였던 것 같아. 그날 내가 비운 술병만 다섯 병이었으니까. 젠장, 그때 그 내기를 받아들이는 게 아니었어. 일번은 싱긋 웃더니 주머니에서 담배 하나를 꺼내 물고는 나를 도발하더군.

'잊지 마. 한 번 실패할 때마다 한 잔이야. 500밀리 잔에 꽉 채워서.'

'압니다!'

나는 새빨개진 눈으로 클럽 안을 샅샅이 뒤졌지. 그 가게 안에서 가장 멍청하고 둔하고 어리석어서 내가 손목의 입장권 팔찌를 훔쳐도 눈치채지 못할 만한 사냥감을 찾아야 했으니까.

그래. 이게 내가 통과해야만 하는 시험이었어. 클럽 입장권 팔찌 훔치기. 잃어버렸다고 클럽에서 쫓겨나는 것도 아니니 훔쳐서 손해 볼 사람이 없다는 것이 이 테스트의 장점 중 하나였지. 어차피 춤추면서 팔찌 날려먹는 사람이 한둘이 아니잖아.

만약 내 능력을 마음껏 쓸 수 있다면 전혀 어려울 시험이 아니었지만, 두 가지 조건 때문에 난관이 되었어. 하나는 게오르그 필터에서 파장의 변화가 5초 이상 지속되어서는 안 된다는 것. 다른 하나는 시험을 통과하지 못할 때마다 다음 시도를 하기 전에 스피릿 한 잔을 마셔야 한다는 것. 실패에는 대가가 따른다는 교훈을 위해서라나. 젠장, 그래서 나는 클럽에 입장한 지 두 시간도 안 되어서 완전히 만취하고 말았던 거야.

'가면청년. 이번에도 실패하면 난 집에 갈 거야. 미안하지만 아까 그 아가씨가 어디 공개했다가는 음란물 유포죄로 잡혀 갈 문자를 보냈다고.'

'누님, 걱정 마세요. 제가 오늘 컨디션이 별로여서 살짝 헤 맸지만 식은 죽 먹기입니다.'

말은 그렇게 했지만 떨리더라고. 번호를 부여받을 마지막 기회라고 생각하니까 더더욱. 그래서 나는 나처럼 떨고 있을 법한 사람을 노리기로 마음을 먹었어. 선수가 선수랑 논다면 초보는 초보랑 놀아야겠지.

마침 눈에 어리숙하게 보이는 남자 한 명이 들어오더라고. 키는 작고. 옷은 단정하지만 촌스럽고. 머리는 반듯하게 가르마를 타 정돈을 했고. 이 친구는 도대체 왜 여기에 있는 건지 자기도 영문을 모르는 눈치였어.

"거…… 말 좀 물읍시다."

'야. 그만해. 너 진짜 안 되겠다.'

'누님, 믿어보세요.'

남자는 얼떨떨한 눈빛으로 나를 바라봤어. 아마 내가 그 사람한테 위협적으로 보였기 때문일 거라 생각해. 어쨌든 일번이랑 달리 나는 고혹적인 태도는 아니었으니까.

"무슨 일이시죠?"

"그…… 여기……."

'어르신께는 네가 알아서 잘 말씀드려라.'

'누님, 좀!'

나는 비틀거리면서 그 남자의 팔을 붙잡고 품 안에 쓰러졌어. 반쯤은 취한 척, 반쯤은 취기에 못 이겨서 말이야. 남자는 휘청거렸지. 아무래도 조각상처럼 연마된 내 육체를 받아들일 체구는 아니었으니까.

어떻게든 남자의 팔에 걸린 입장권을 떼어보려고 했지. 하지만 역시 알코올이 들어가니까 능력을 발휘하는 데 집중이 되지 않더라고. 그냥 한 번에 힘을 터뜨려버리면 모를까, 게오르그 필터로 보았을 때 이상이 없도록 하려면 조심스럽게, 아주 조심스럽게 진행해야 하니까.

'가면청년. 파장 수치 아슬아슬해. 그리고 그 아저씨 팔 좀 그만 더듬으면 안 되겠어? 뭐든 노리는 거 너무 티 난다.'

'기다려보시라니까요.'

일번이 틀린 지적을 한 건 아니었어. 정말로 남자는 소름 돋는다는 듯이 나를 바라보고 있었으니까. 아마도 생애 처음이자 마지막일 이 아저씨의 클럽 방문에 나같이 덩치도 커다란 데다 시커먼 마스크를 뒤집어쓰고서는 술 냄새마저 풀풀 풍기는 취객이 팔에 매달려 진상질을 했으니 뭔가 미심쩍을 수밖에 없었을 거야.

"실례지만 제 팔이 아픈데요."

이 아저씨 참 귀엽기도 했지.

"화, 화장…… 우…… 우에에엡."

그 귀여움을 생각하면 더더욱 안타까운 일이지만, 나는 그 남자에다 대고 영혼까지 담긴 토를 쏟아내고 말았어. 그날 마신 술의 대부분이 스피릿이었으니까 아주 과장된 말도 아니야. 남자는 혼비백산해서 오늘을 위해 한껏 치장하며 입었을 옷에 묻은 토를 바라보더군. 정말이지, 미안하게 됐어.

"우욱…… 화장실이…… 어디입니까?"

남자는 질색을 하면서도 나를 부축해 화장실로 데려다주더군. 세상에나. 어쩜 이렇게 친절한 신사라니. 나는 과연 고맙다는 말을 해도 될까 고민하면서 남자와 함께 화장실로 향했어. 맨정신인 사람으로 보이기엔 맨정신이 아닌 사람이 할 짓을 너무 많이 해버렸잖아.

그리고 당연히, 가게의 구석진 곳으로 향하면서 나는 남자가 눈치채지 못하도록 조심하면서 남자에게 토를 하는 사이 낚아챈 팔찌를 이 시험의 최종 심판관을 향해 들어 보였지.

'야. 뻔해. 게다가 능력도 쓰지 않았잖아.'

'그래도 빼낸 건 빼낸 거죠.'

잠시 동안의 침묵이 이어졌고.

'좋아. 너는 이제 오번이야.'

'오번? 삼번이 아니라요?'

'그래, 오번. 너는 이제 한패다. 무간도 가이아에 데려가주마.'

허락이 떨어졌지.

2

"정말이에요? 진짜로 무간도 가이아를 털러 가는 겁니까?"

"동생. 어르신께서 돈을 그만큼 주신다고 하셨거늘 그러면 어디 평범한 곳에 갈 줄 알았어? 너 같은 초짜를 끌고 오면서 어디 동네 슈퍼라도 털자고 하시겠냐고."

"물론 저도 대박을 노리고 왔죠. 하지만 어디 은행 같은 곳이면 성공률은 낮아도 잡혀봤자 감옥행이지 고문행은 아니잖아요. 무간도 가이아라니, 저 같은 사람이 그런 미친 컬트 집단이 몰려 있는 곳에 가서 잡히기라도 했다간 바로 생체 실험 1952호 정도 되어서 죽는 날만 기다리면서 매일같이 실험대에 올라가야 할걸요."

"너 상세하게 염병이다. 뭣도 없는 게 앞서 나가는 걱정은 하지 마. 아무리 그래도 종교 집단인데 그렇게까지 귀찮은 일을 하겠어? 그냥 죽이고 말겠지."

글쎄. 그렇게까지 귀찮은 일만 하면 차라리 다행일 텐데 말이야. 술집의 시험에서 통과한 다음 날, 나는 일번과 이번을 다시 만나 수다방에 들어갈 수 있었어. 그리고 수다방에 들어가자마자 따지고 또 따졌지. 일번이 우리의 행선지가 무간도 가이아라고 나에게 직접 말한 건 클럽에서의 그때가 처음이었거든.

이 수다방은 행성 칼바리오의 범죄자들 중에서 어르신의 특혜를 받은 녀석들만 들어갈 수 있는 악덕의 상자였어. 사물 큉 내부의 공간이라 기억 읽기로부터 자유로워서 이렇게 이번의 중재 없이도 육성으로 대화를 할 수 있었고.

수다방 내부는 악덕의 상자가 흔히 그러한 것처럼 순백의 텅 빈 공간에 가까워서 회의를 위해 준비된 테이블과 의자 몇 개를 빼고는 아주 을씨년스러운 곳이었어. 그런 만큼 내 투덜거림이 더 크게 들리기도 했고.

"여기서 그만둔다고 하면 넌 어르신 손에 죽겠지. 그러니까 아무리 수다방 안이기로서니 어르신 심기 불편하실 이야기는 하지 말고 작전 개요나 잘 들어."

"그래야겠죠……? 어르신께서 그 미친 하이에나 떼 사이에 들어갔다 나와도 괜찮을 작전을 준비하신 거겠죠?"

나는 그저 고개를 숙일 수밖에 없었어. 가면을 쓰면서부터 내 감정을 얼굴로 드러내지 못하게 되니까 몸동작이 커지게 되었거든. 일번은 그런 나를 한심한 눈으로 바라보았지만, 적어도 무간도 가이아에 대해 조금이라도 아는 사람이라면 분명히 나처럼 굴었을 거야. 그러니 내가 뭐라고 비난받을 일이 아니라고.

무간도 가이아가 세간에 어떻게 알려졌는지는 너도 잘 알고 있겠지. 8우주에서도 드물게 관측된다는 행성 큉. 막대한 힘을 내포한 신적인 존재로 추정되지만 자세한 사항은 극비. 표면적으로는 종교 단체를 표방하지만 실상을 아는 사람들에게는 그저 끔찍하기만 한 컬트 단체 태모신교의 지배하에 무언가 실험이 진행되고 있는 곳. 그 실험에 대해서도 다들 추측만 할 뿐이지만, 진실을 알고 있는 이라면 이제까지 나온 가설들의 나이브함에 콧방귀를 뀔 테지.

무엇보다 종단 내부의 문제아 혹은 폐기물들의 양팔을 자르는 거완형을 치른 뒤 가이아의 구속구로 된 철견을 달아 죽을 때까지 서로를 죽이는 형벌을 내리는 형무소로도 악명이 높고 말이야. 단순히 감옥 안의 죄수를 빼내 오라면 어렵지 않을 거야. 실패해도 운만 좋다면 빼내려던 죄수 옆의 새로운 죄수가 되는 정도일 테고. 하지만 무간도 가이아에 잠입한다는 것은 모든 죄수가 교도관이고 모든 교도관이 죄수인 감옥에 들어간다는 이야기지. 그것도 일생 동안 목숨을 건 전투로 단련된.

"어르신께서 곧 말씀을 하실 예정입니다."

얼마 지나지 않아 아무 말 없이 일번과 나를 지켜만 보던 이번이 품 안에서 검은색의 직사각형 수신기를 하나 꺼내 테이블 위에 올려놓았어. 아마 이 어르신이라는 작자는 그때 악덕의 상자 안에 있기는 했겠지만 우리와는 다른 영역에서 업무를 보고 있었을 거야. 우리 같은 잡킹들에게 굳이 그 고귀한 얼굴을 내보일 생각도 없었을 테고.

─일번. 내가 소개한 친구가 시험에 통과했다고 들었다.

"그렇습니다, 어르신."

─이번의 이야기를 들어보니 아슬아슬하게 합격했던 것 같은데.

"능력보다는 정신력에 점수를 줬습니다."

일번은 싱긋 웃으면서 나를 흘겨보더군. 중간관리직의 비정규직을 향한 넓은 아량에 감복할 수밖에. 이번은 언제나처럼 딱딱한 표정으로 아예 눈을 감고 있었고. 에너지 절약이라나. 이번은 행성 칼바리오의 조직 관리자이자 어르신 직속의 텔레파스 담당이었으니 굳이 지금 상황에 집중하고 있을 필요는 없었겠지만 말이야.

—내 소개라고는 했지만 마음에 들지 않으면 얼마든지 내쳐도 좋다. 어디까지나 내가 가장 먼저 현장 책임자로 고른 건 자네고 인선 역시 현장 책임자의 업무니까.

"아닙니다, 어르신. 게오르그 필터와 관련된 문제는 저도 훈련을 시켜보면 되고 작전도 오번의 수준을 봐서 재구성하면 되니까 크게 염려하실 필요도 없습니다."

—믿겠다.

목소리로 어르신의 인물상을 그려볼까 했지만 조금 집중해서 들으니 금세 기계적 변조가 들어간 목소리임을 알 수 있었어. 녹취나 녹음 파일이 유출되어 성문(聲紋) 분석이라도 들어가면 골치 아프니까 이렇게 빙빙 돌아서 명령을 전달하는 것이겠지.

"지금 설계해주신 작전을 보면 이 친구의 능력은 필수적이니까요. 그렇다고 흔하게 구할 수 있는 종류의 능력도 아니고요. 조만간 나머지 멤버들을 다 모으고 이 친구의 솜씨도 계산한 뒤에 수정안을 올리겠습니다."

—알았다. 삼번과 사번은 정했나?

"네. 험한 일이라 제 취향대로 골랐습니다. 내일부터 한 명씩 접선하겠습니다."

ㅡ상관없다. 추가 조건이 있다면 이번을 통해 전달하도록.
그리고 오번.

"옙."

어르신은 이제 나한테 말을 붙이더군. 공식적으로 나야 어
디까지나 내 능력을 쓸 수 있는 일을 찾았을 뿐이고 어르신은
나 같은 능력을 찾았을 뿐이니 나름 상부상조하는 사이여야
겠지만, 그거야 어디 공식적인 관계고 어디 실질적으로 그렇
게 보이겠어? 상명 하달. 하라면 하고 까라면 까는 관계지. 나
는 제법 긴장해서 말실수를 하지 않을까 조심하며 어르신이
하는 말을 경청했어.

ㅡ너희들이 갈 곳이 어디인지는 들었겠지?

"옙. 무간도 가이아입니다."

ㅡ그렇다. 그곳에서 너희들이 나에게 가져올 물건은 단 하
나, 신의 씨앗이다. 어수룩한 음모론자들은 가이아의 눈물이
라고도 부르기도 한다. 하지만 명칭과는 별개로 종교적인 물
건도, 시적인 물건도 아니다. 그걸 가져와.

마치 레스토랑에서 가르송에게 와인 한잔 달라는 듯이 태
평하게 8우주에서 비할 바 없는 보물을 가져오라고 요구하는
그 말투라니.

"알겠습니다. 어떤 물건입니까?"

—나는 그걸 원하고, 너희들은 나에게 고용되었다. 그걸 가져와.

거 이 사람하고는 참. 무안도 잘 주더군. 결국 이 어르신이라는 작자는 내가 아니라 일번과 몇 가지 주제에 대해 대화를 나눈 뒤 연락을 끊었어.

* * *

"앨겠씀미더~ 예뗀 뮬겐엡네꼐~."

"그만해요, 누님."

"앨겠씀미더~ 앨겠씀미더~."

"아, 누님! 좀!"

"예뗀 뮬겐엡네꼐 좋아하시네. 좀 뭐 이 새끼야, 좀 뭐! 아주 나가뒤질라고 작정을 해가지고서 어, 야. 어르신이 어떤 거물인지 알기나 해? 제 마당으로 삼은 행성만 두어 개는 될 거고 거물 귀족들 몇몇도 비즈니스 파트너로 두고 있다고. 마음에 안 드는 놈들 눈알을 뽑아 수집한 것들로 리그 팀이 평고 연습을 시즌 내내 할 수 있다더라. 그것도 1군이랑 2군 합쳐서, 스토브리그까지!"

"이번 누님도 좀 말려주십쇼. 고작 뭐 훔칠 거냐고 물어본 게 다잖습니까? 제가 이렇게 한 소리 들을 만한 일입니까? 정말 뭐 죽이기라도 합니까?"

"예."

"그래, 그렇다잖아. 나야 행성 칼바리오에서 큰일이 있을 때마다 어르신께서 등용을 한 몸이고 전문가로 인정을 받았으니 작전에 대해 평가도 하고 수정안도 올리겠다고 하는 거지, 어디 너 같은 생초짜가 덤비니, 어?"

어르신과의 연락을 마친 뒤 나에 대한 갈굼 시간을 잠시 가졌어. 내가 죽을 짓을 한 것이었나 봐. 나야 어처구니가 없었지만 뭐 그렇다는데 어쩌겠어. 악당 짓 한번 하기 힘들더군. 세상살이 힘들어서 악당을 하는 건데 이마저도 이렇게 힘들면 도대체 다들 어떻게 먹고사는 건지 영 모르겠더라.

결국 한참을 훈계와 조롱과 염려와 비난의 갈굼을 받은 뒤에야 본론으로 들어갈 수 있었지. 기나긴 시련이었다.

"무간도 가이아에 어떻게 들어갈 건지, 어떤 물건을 훔칠 건지는 남은 멤버를 다 소집한 뒤에 다시 이곳에 와서 설명해 줄 테니까 그냥 내 뒤꽁무니나 잘 따라와."

"남은 멤버면 누구누구요?"

"사업에 필요한 최소 인원, 알고 있어?"

"지휘, 통신, 잠입, 운송 그리고 무력 담당까지 다섯."

"무력 담당은 빼고, 잡일 담당까지 다섯. 이제 남은 건 잠입과 운송이니까 내일부터 시간 비워둬. 잡일 담당."

3

'오늘은 사번을 만나러 갈 거야.'

'삼번이 아니라요?'

'응. 삼번은 아직 사업 하나가 진행 중이어서 바빠.'

다음으로 일번이 나를 불러낸 곳은 이름도 없는 허름한 지하상가였어. 폐광지역을 재개발하기 위해 건축된 곳이었지. 어느 별에나 이런 지역은 있고, 이런 지역에 사는 사람들의 행색도 똑같지. 행성 칼바리오의 최하층 가난뱅이나 숨을 곳 없는 범죄자들이 모이는 장소였다는 거야.

어두운 조명에 무질서하게 늘어진 전선과 쓰레기들 탓에 걷는 데 애를 엄청 먹었어. 하지만 일번이나 이번은 익숙하다는 듯이, 이곳 거주민이라도 되는 것처럼 거침없이 지나가더군.

'오번. 너 행성 칼바리오 출신은 아니구나.'

'저번에 뵈었을 때 개인 신상은 알아봤자 서로의 협박거리만 되니까 모른 척하자고 말씀하셨던 사람이 누님 아니었습니까?'

'새끼, 행성 칼바리오 출신은 확실히 아니구나.'

일번은 주머니에서 담배를 하나 꺼내 물었어. 도대체 담뱃갑도 없이 주머니에 몇 개비를 넣고 다니는 건지 영문을 모를 생활 습관인데 말이야. 잠깐 제자리에 서서 일번이 한 모금을 빨기를 기다린 뒤 다시 발걸음을 옮겼지.

그렇잖아도 공기정화기가 낡았는지 지하상가를 걷는 내내 먼지내를 맡아야 했는데 거기에 탄내마저 더해졌어. 나야 별생각 없이 그러려니 했지만 이번은 자이카족답게 눈가 한번 찡그리지 않고 품에서 소형 방독면을 꺼내 뒤집어쓰더군.

'이번. 나 마음에 상처받아.'

'저의 호흡기도 상처받는 중입니다.'

'알았어, 알았어. 방독면 써.'

담배 두 대 정도가 더 타들어갔을 때에야 이 미궁 같은 지하상가의 탐사가 끝이 나고 우리는 허름한 술집 앞에 도착할 수 있었어. 그 가게의 이름은 '조의 가게'였지. 아마 조라는 사람이 운영하는 가게였을 거야.

* * *

　안에 들어가니 그곳은 술집이라기보다는 마약굴에 더 가깝더군. 1층은 평범한 바처럼 생기기는 했지만 2층에는 쪽방마다 매트리스가 놓여 있고 그곳에서 주사를 맞든 잎을 태우든 할 수 있도록 세팅이 되어 있었지.

　바 안쪽에는 덩치 큰 백발의 영감이 고약한 냄새가 나는 뭔지 모를 풀들을 말리면서 지압용 공을 주물럭거리고 있었어. 이 할아버지가 조였겠지 싶다.

　"있어?"

　"맨 안쪽이야. 하지만 제정신은 아니야."

　"언제는 그랬다고."

　일번은 영감과 눈도 마주치지 않고는 바로 본론을 꺼냈어. 그러고는 사번 후보로 생각되는 사람이 있는 쪽방으로 이번과 나를 끌고 갔고. 쪽방 안은 정말이지 얼마나 끔찍했는지. 약물에 땀에 똥오줌에 온갖 더러운 것들로 절어서 지독한 냄새를 풍기고 있었다니까. 그리고 그 냄새의 진원지에는 미이라처럼 삐쩍 마른, 개 목걸이를 찬 약쟁이가 누워 있었지.

　나는 내 가면의 게오르그 필터로 약쟁이의 파장을 확인해보았어. 당연히 굳이 제대로 된 수치를 볼 필요도 없었고. 파장이 너무나도 들쭉날쭉 꼬여 있어서 5초 뒤에 심장이 멎어 죽어버리더라도 놀랍지 않았을 거야.

'오번. 가둬.'

'옙, 누님.'

나는 한쪽 무릎을 꿇고 앉아 조심스레 약쟁이의 발치를 만졌어. 그래, 조심 좀 했다. 무서워서가 아니라 더러워서. 어차피 파장을 봐도 기술 쓸 정신은 아니었고 개 목걸이도 차고 있었으니 무서울 거 없었다고.

어쨌든 약쟁이가 누운 매트리스보다 조금 더 큰 공간을 2차원 평면으로 바꾼 뒤 종이처럼 접어버렸지. 맞아. 차원전환 퀸인 내가 기술을 쓰기 위해서가 아니었다면 그런 냄새나는 아저씨를 어떻게 건드리겠냐. 냄새의 근원을 평면에 가뒀으니 악취가 좀 빠지긴 했지만 역겹기는 매한가지였어. 아주 누가 내 콧구멍 안에다 오줌을 싸는 것 같았다고.

'이 마약중독자는 왜요? 이것도 어르신이 시킨 업무인가요?'

'무슨 소리야. 오늘 사번 뽑는 날이라고 했잖아. 얘가 사번이야.'

'사번?! 이 뽕 맞은 건어물이 저보다 번호가 높다고요?'

'시끄러. 너 아까 기술 쓸 때 게오르그 필터에 파장이 어떻게 잡혔는지 알기나 해? 사번은 중독자인 건 맞지만 실력은

어디에도 빠지지 않아. 그러니 닥치고 따지지 마.'

'세상에나, 무간도 가이아에 숨겨진 성유물을 훔치러 가면서 마약중독자에 개 목걸이를 찬 퀑을 데리고 간다고요?'

'세상에나, 무간도 가이아에 숨겨진 성유물을 훔치러 가면서 제정신 박힌 퀑들을 데려갈 수 있을 거라 생각한 거냐? 이런 미친 짓에는 미친 새끼들밖에 못 모아. 그러니 내가 너한테 미친 염병을 하기 전에 닥치고. 따지지. 마.'

일번은 내 엉덩이를 걷어차며 화를 내더라고. 하지만 자기 발언이 과격했다는 걸 깨달았는지 바로 고개를 돌려서 이번에게 미소를 지어 보였지.

'이번, 물론 내가 어르신이 미친 짓을 계획하셨다고 말한 것은 아니니까 방금 발언을 어르신께 굳이 전달할 필요는 없을 거야. 그렇지?'

'있습니다.'

'젠장! 네, 어르신. 사랑합니다. 제 마음 아시죠.'

물론 먹히지는 않았지만 말이야.

'일번은 유능하니 눈알을 뽑히지 않을 겁니다.'

'많이 위로가 된다.'

'정말요?'

'아니.'

'위로하려고 한 말도 아니었습니다.'

"망할…… 할아범! 드럼통! 소독제!"

"알고 있어, 이것아! 올 때마다 시끄럽긴."

* * *

"푸하, 시팔! 뭐야?!"

"앙농, 칭구칭구야. 오랭망이야."

일번은 소독제를 탄 찬물로 가득 찬 드럼통에 약쟁이를 던져놓고는 코맹맹이 소리를 내면서 인사를 했지. 담배를 문 입술로는 언제나처럼 그 능글맞은 웃음을 지으면서 말이야. 드럼통도 소독제도 아마 시체를 치울 때 쓰려고 구비한 물건이었겠지. 아니면 시체로 만들 때 쓰려고 구비했거나, 둘 다거나. 일번의 미소는 아무래도 후자의 가능성을 떠올리게 했어.

"시팔! 뭐야?!"

"친구. 네가 내 뒤통수를 세게 후려갈기고는 내뺀 게 고작 두 달 전이야. 도대체 그 돈으로 얼마나 약을 빨아댔으면 내가 널 찾아온 이유를 궁금해하는 거야?"

"그놈이 보낸 거야?!"

'닥쳐. 이제 아가리로는 한 마디도 뻥끗하지 마. 어르신의 성함이 한 글자라도 네 아가리에서 나오는 순간 이번이 그 돌주먹으로 네 두개골을 뭉개서 약에 찌들어 썩은 맛만 나는 네 뇌에 뼛조각을 박아 크리스피한 식감을 더할 거니까. 앞으로는 텔레파시로 대화한다.'

일번은 표정 하나 바꾸지 않고 담배 연기를 뿜어대면서 자연스레 텔레파시로 대화 채널을 바꿨어. 살벌한 협박을 하면서 생글생글 웃는 모습을 보자니, 거참. 이 인간 보통이 아니더라.

'배나 째. 통째로 묻던가. 돈 없어. 약 하느라 다 썼어.'

'알아. 네가 돈을 이틀 이상 갖고 다닐 거라는 생각은 애초에 안 했어. 몸으로 갚아.'

'나야 상관없지만 넌 여자 좋아하잖아?'

'내가 남자를 좋아해도 너랑 할 거면 너한테 돈을 줄 게 아니라 받을 거다, 이 멍청아. 행성 하나 정도의 값은 달라고 하겠지. 그쪽 말고, 일이 들어왔어. 너는 사번이야.'

'넌?'

'나는 일번. 사업장은 무간도 가이아야.'

'시팔!'

약쟁이는 폴짝하고 통에서 뛰어올라 온몸이 젖은 채로 가게 밖으로 튀어 나가려고 했어. 하지만 그 시도가 무참하게도,

다섯 발자국인가 뛰다가 스텝이 꼬이더니 벽에 머리를 부딪친 뒤 쓰러지고 말았지.

뒤로 돌아 일번을 보니 어떻게 된 영문인지 알겠더군. 일번의 손아귀에는 사람의 것으로 보이는 눈알이 두 개가 들려 있었어. 질량등가치환으로 약쟁이의 눈알을 뽑아버렸던 거야. 일번은 머리와 눈가를 부여잡고 끙끙 앓는 약쟁이를 보며 하하 웃더군.

"뭐야?!"

'뭐긴 뭐야. 내 능력이지. 개 목걸이로 전기충격을 주지 않은 걸 다행으로 알라고. 할아범 치우기 피곤할까 봐 참은 거야. 개 목걸이를 썼다간 네 내장이 튀겨져서 오줌 지리고 똥 흘리고 난리도 아니었을 테니까.'

'내 눈깔을 뭐로 바꾼 건데?'

'할아범이 주물럭거리던 지압용 공. 무게가 맞고 동그란 물건이 어디 흔해야 말이지. 엄살떨지 말고 일어나. 어차피 네 눈알은 기계로 된 의안이잖아.'

'내가 싫다고 하면 네가 뭐 어쩔 건데!'

'눈알이 있던 자리에 불알을 넣어줄 거야. 불알이 있던 자리에는 눈알을 넣어줄 거고.'

그렇게 우리 팀에 사번이 합류했지.

4

차창을 여니 온갖 종류의 음식 향이 뒤섞인, 시장 골목만이
낼 수 있는 그 냄새에 취할 것만 같았어. 밖을 보니 그 냄새만
큼이나 혼탁하고 번잡스러운 노점상들과 인파에 더 정신이
없어졌지. 그제야 행성 칼바리오가 자랑하는 최대의 먹자골
목 8우주를 대표하는 시장가, 네일섬에 도착했다는 것이 실감
이 나더군.

'사번. 차는 자율주행으로 설정 바꾸고 아래로 내려가자.'

일번은 웃으면서 담배를 재떨이에 비벼 끄고는 사번을 독
촉했어. 사번은 큉 중에서도 상업성과 범죄율이 높은 순간이
동 큉이야. 마음먹은 곳이면 어디든 갈 수 있다는 점에서 돈도
벌기 좋고 범죄를 저지르기도 좋은, 그런 훌륭한 기술자였지.

비록 지금은 마약 때문에 뇌가 맛이 가버렸긴 하지만 한때는 컨디션이 좋은 날이면 행성 간 순간이동도 가능했다고 해.

과거 엘리트 중의 엘리트였던 사번은 얼굴만 번지르르하지 속은 영 뒷골목 양아치인 일번의 턱끝이 가리키는 방향을 따라 이리 움직이고 저리 움직이는 신세가 되었으니, 마약이란 놈은 무서워.

'어떠냐, 오번. 사번이 운전 하나는 진짜 잘하지 않냐?'

'일번 누님, 이걸 잘한다고 불러도 됩니까? 이번 누님은 안전벨트로도 모자라 헬멧까지 쓰고 계시다고요.'

'이번이 헬멧을 써야 할 정도로 격하게 운전하는데 어디 부딪힌 건 세 번밖에 없었잖아.'

'누님, 대부분 한 번 운전해서 세 번 사고가 일어났을 경우에는 "밖에"라는 표현을 쓰지 않습니다.'

맞아. 사번, 그러니까 전날 지하상가에서 영입한 약쟁이 남자의 보직은 운전수였어. 팀으로 활동하는 도둑들에게 있어서 생명 줄이나 다름없는 중요한 보직이지. 아무리 건물에 침입을 잘하고 금고를 잘 열어도 도망을 못 치면 그게 무슨 소용이겠어?

뭐, 불평을 하긴 했지만 감탄을 하지 않은 것은 아니야. 사번의 운전 솜씨는 분명 일품이었어. 그 속도에도 불구하고 세

번밖에 부딪치지 않았다는 건 기적이나 다름없었으니까. 그
것도 마약에 절여졌다 깨어난 지 반나절도 되지 않아서 말이
야. 물론 대부분의 운전수들은 그런 속도를 내지도 않고 마약
에 절여졌다 깨어나지도 않으니 비교 대상이 적긴 하군.

'가면 쓴 꼬마야. 내 운전에 불평불만을 말하고 싶으
면……! 말하고 싶으면……?'

'말하고 싶으면요?'

험악한 분위기가 시작되었다가.

'그러게…… 어쩌지…….'

바로 끝났어.

'이것 봐. 아직 약이 덜 깼는데도 그 정도 솜씨였다고.'

'그렇지, 바로 그거야. 내가 그런 사람이야.'

'세상에나…….'

'됐으니까 내리자. 사번, 우선 곱창 골목부터 돌자고.'

* * *

광물 자원이든 관광 자원이든 영 보잘것없는 행성 칼바리
오가 범죄자들의 메카가 된 데에는 역시 무역 중개지로서의
역할 덕분일 거야. 온갖 상선들이 들락거리니 출입국관리소

가 제 기능을 못 할 수밖에 없고 그 틈을 타 별별 잡것들도 꼬여드니 말이야. 아마 저 일번부터 나 오번까지 대부분의 멤버가 그 수혜를 입은 범죄자들이겠지.

물류가 모이고 사람이 모이니 결과적으로는 행성 칼바리오의 문화적 저수지라고 할 수 있기도 해. 그리고 각 행성의 문화에서 가장 상징적이고 존엄한 분야는 바로 요리일 거야. 이별을 대표하는 먹자골목인 네일섬이 문화 중심지인 것도 그 때문이지.

일번은 우리를 끌고 다니면서 온갖 노점상의 메뉴를 정복했어. 행성 칼바리오에서 겪은 일 중 가장 끔찍한 경험이라면 이날의 투어를 꼽고 싶다. 세상에, 도대체 왜 동물의 성기로 요리를 하는 식당가가 따로 있는 거냐고. 게다가 왜 또 맛있는 거냐고.

물론 그곳의 요리들에게 마노아의 밥상 같은 무언가를 기대한 건 아니었어. 분위기든 품격이든 말이야. 내가 마노아의 밥상 같은 곳을 간 적도 없긴 하지만 그래도 행성을 대표하는 식당가에 갔을 때는 최소한 고추 말고 다른 부위를 먹고 싶었다는 거지.

우리의 미식, 아니 괴식 투어는 일번이 곧 어느 가게를 가리키며 끝이 났어. 노점상이 아닌 낡고 허름한 건물에 위치한 식당이었지. 간판에는 발탄 식당이라고 적혀 있었어. 조의 술집처럼 발탄이라는 사람이 운영하는 것인지는 확실하지가 않다. 발탄이라는 요리 재료가 있는 걸지도 모르니까.

"이모! 나 왔어요!"

"으머야! 조카! 오늘은 또 므슨 일이야?"

일번은 활짝 핀 얼굴로 발탄 식당에서 서빙을 하고 있던 중년의 여성에게 달려가 안겼어. 제법 오랜 사이인 것 같더군. 그 식당은 다섯 테이블 정도의 작은 규모에 테이블마다 올라온 화로와 철판 그리고 고기 등으로 보아 동네 고깃집 콘셉트의 가게였던 것 같아. 손님은 식사 시간대가 아닌데도 두 그룹 정도 있었으니 장사가 안 되는 집도 아니었지.

이모라고 불린 사람은 정말 이모의 이데아같이 생긴 사람이었어. 빽빽한 곱슬머리, 꽃무늬 몸뻬, 상가 조합에서 만든 조끼 그리고 살짝 탄 피부에 통통한 몸집까지. 나는 이 사람을 그날 처음 봤는데도 이모라고 부르고 싶더라니까.

"이모님, 진짜 조카분? 근데 왜 이렇게 조카분은 생긴 게어, 잘생겼어? 무슨 연극이나 공연 같은 거 하시는가?"

"사장님은 츠음 보스나? 내 조카요! 믇아요, 믇아! 올라 잘생겼지!"

"안녕하세요, 사장님! 우리 이모 고기 좀 많이 팔아주실 거죠?"

일번이나 이모라 불린 사람이나 어쩌나 그렇게 수더분한
지, 일번은 이번과 사번 그리고 내가 테이블에 앉아 한참을 기
다린 뒤에야 옆자리에서의 대화를 끝내고 우리 자리로 찾아
오더군. 이모라 불린 사람에게 받은 뭔지 모를 포유류의 고깃
덩이를 스테인리스 쟁반에 얹고서 말이야.

고기는, 세상에. 도대체 무슨 고기인지는 모르지만 식감도
향도 정말 장난이 아니더라. 처음 먹었을 때는 고기에 마약이
라도 탄 것이 아닐까 의심했다니까? 나중에 듣기로는 실제로
마약을 타기는 했었다고 하기는 했지만 그때 실제로 마약을
탔을 거라고 의심한 건 아니고 맛있다는 것을 과장되게 표현
하기 위한 정도의 의심이었는데 뭐 그랬다는 거지.

어쨌든 즐겁게 고기를 구워 먹으면서 이런저런 이야기를
하고 술도 까고 하다가 조금 한가한 분위기가 되자 이모라 불
린 사람이 우리 자리에 와 앉더군.

"으 왔는데?"

"사랑하는 이모님 보러 왔지."

'니이예엠병.'

'이거야?'

갑작스레 대화는 입이 아닌 머리로 진행되었어. 이번이 대

화를 중계하기 시작했던 것이었지. 일번은 한쪽 입술만 살짝 올리고는 조심스레 손에 쥔 카드를 보였어. 방금 일번에게 말을 걸었던, 옆 테이블에 앉은 남자의 얼굴이 찍혀 있는 사원증이었지.

'으응. 그그 으니다.'

'그럼. 이거?'

다시 한번 일번의 손에 쥔 사원증이 또 다른 사원증으로 바뀌었어. 일번의 장기인 질량등가치환이 마음껏 발휘되고 있는 중이었던 거야. 이 능력은 정말이지 약간의 조건만 더해진다면 소매치기 장인으로 다시 태어날 힘이야.

그리고 그 약간의 조건이라는 건, 나중에 듣기로는 위치를 특정하기 위해 특수 가공 처리가 된 장치를 타깃의 지갑 안에 넣어두는 정도는 해야 돼. 그리고 그 쉽지만은 않을 작업을 미리 해둔 사람은 바로…….

'맞지? 그럼 이모가 삼번이다?'

'으야, 그래야. 희희희, 으식 내 조카 스애끼다!'

이 사람이 바로 수더분한 인상의 이모님이자, 우리 계획에 끼기 전 진행 중인 사업 때문에 뒤늦게 합류하게 된 삼번이었던 거야. 그래. 이 얼굴에 이런 성격을 한, 이름 없이 그저 '아줌마'로 통칭되는 사람이야말로 이 세상 어느 곳이든 숨어들어갈 수 있는 스파이인 셈이지. 심지어 이 사람들은 남자 화장실조차도 자기 마음대로 들락거린다니까.

이렇게 다섯이 바로 무간도 가이아의 성유물을 훔쳐내기 위해 모인 행성 칼바리오의 드림 팀이었어. 게오르그 필터로는 구분도 되지 않을 만큼 약한 능력의 질량등가치환 큉이 리더. 종 자체가 강박증 환자인 자이카족 텔레파스 큉이 오퍼레이터. 평범하게 늙어서 어디든 숨어들 수 있는 중년 여성이 스파이. 마약에 절어서 공간감과 시간감이 엉망인 순간이동 큉이 드라이버. 그리고 탄탄한 근육에 호쾌한 성격마저 겸비한 나이스 가이이자 차원전환 큉인 내가 잡일꾼.

그래. 꿈에서나 볼 수 있을 환상적인 조합이긴 했다. 조금 더 정확히 말하자면 그 꿈은 악몽이고 환상이라기보단 환장에 가까운 조합이었지만 어쨌든 드림 팀은 드림 팀이었다니까. 게다가 결과적으로 보자고. 이 정도면 뭐, 훌륭한 성과를 낸 편 아니겠어?

5

"만장하신 여러분, 오늘 이 자리에 함께해주셔서 영광입니다."

"하던 대로 합시다."

"그래, 반갑다. 이 개새끼들아. 아, 이모님은 빼고. 사랑해요, 이모."

"엠병."

멤버가 전원 합류한 뒤 다시 한번 우리는 행성 칼바리오 범죄자들을 위한 악덕의 상자, 수다방에 모여서 작전 브리핑의 시간을 가졌어. 저번과는 달리 어르신 없이 우리끼리만의 모임이었지. 사물 큉 안 특유의 하얀 공간에 칙칙한 범죄자 다섯이 모여 테이블에 둘러앉아서 말이야.

"이미 들어서 알고 있겠지만 이번 사업의 무대는 무간도 가이아야."

"으데 므 마실 나가는 그츠름 지끌이고."

"평범한 곳에 가지 않을 거라는 건 날 불렀을 때부터 이미 알았고. 그래서 거기서 뭘 훔칠 건데? 거기는 관광지도 박물관도 기업도 없다고. 행성 규모의 형무소인 셈인데, 철견이 된 사제라도 데리고 오나?"

"이번. 자료 띄워줘."

이번은 테이블 위에 커다랗게 화면을 띄웠어. 화면 안에는 구(球) 형태를 한 은빛 금속 재질의 무언가가 찍힌 사진이 들어 있었고. 일번이 화면을 확대하자 그 무언가가 섬세한 무늬가 혈관처럼 새겨진 동시에 동물의 심장처럼 느린 속도로 박동하는 모습이 보이더군.

이번은 언제나처럼 무관심한 표정이었지만 삼번과 사번의 눈빛은 금세 달라졌어. 탐스러운 먹잇감을 바라보는 포식자의 눈빛. 비록 이들이 종교나 과학 분야의 전문가는 아니지만, 보석류를 다루는 도둑의 눈으로 봤을 때에도 저 물건이 갖는 가치가 남다르다는 것을 느꼈기 때문일 거야. 물론 화면 안의 물건을 고작 보석 정도로 치부할 수도 없었겠지만 말이야.

"신의 씨앗이야. 무간도 가이아가 행성 규모의 사물 큉이라는 것은 알고 있겠지? 극비 사항인데, 이 행성의 깊은 심층부에서는 아주 드물게 사물 큉의 파편이 발견된다. 그리고 이 화면 안의 물건은 그 파편 중에서도 단 한 번만 발견된, 순도 높은 결정이고."

"우리가 리스크를 감당해서 훔쳐낼 물건은 아니지 않아?"

"끝까지 들어, 사번. 이 신의 씨앗이라는 물건은 인간의 의지에 반응해서 그 소유자를 신적인 존재로 만들어준다고 해. 다만 그만큼 반동이 심한 나머지 무간도 가이아의 주인, 비정상 컬트 종교 단체 태모신교에서는 이 물건을 종단의 금기로만 남겨둔 거야."

사번은 마약중독자들 특유의 그 눈빛에서 벗어나 총기마저 띠더라. 역시 돈이 걸리면 사람이 달라지는 것인지. 아니면 돈이 어지간한 뽕보다 강렬한 마약인 것인지.

일번도 평소처럼 사번을 무시하거나 욕을 하지도 않았어. 같은 사업을 하는 동업자로 대하며 천천히 작전의 의의에 대해 설명을 해줬고, 나는 어디까지나 신출내기에 불과했으니 조용히 두 사람의 토론을 지켜보았어.

"저 물건의 가치가 떨어진다는 이야기는 아니야. 하지만 저거 하나를 훔치기 위해 무간도 가이아에 가느니, 저거와 비슷한 다른 것들이 산처럼 쌓여 있는 곳을 터는 게 나을 텐데. 예를 들어 누군가가 빼돌렸다는 행성 아오리카의 모래시계 창고라든가."

"모래시계 창고의 소문에 대해선 나도 들은 적 있지만 그걸 네가 훔친다고 그만한 물량의 만분지일이라도 유통을 시킬 수 있겠어? 하지만 신의 씨앗은 달라. 고작해야 주먹 하나 크기의 사물 큐빙일 뿐이라고."

"뭐…… 들고 다니기는 좋겠군."

"그리고 이번. 작전에 성공했을 때의 보수를 표시해줘."

화면에는 신의 씨앗의 사진이 내려가는 대신 여러 항목의 숫자가 입력된 표 하나가 올라왔어. 그리고 성공 보수 항목에 적힌 그 수치는…… 자세하게 기억이 나지 않을 정도로 0이 많이 달려 있었지.

착수금 항목에 적힌 금액도 결코 적지 않았어. 한 사람의 목숨을 사기에는 이미 충분히 많은 값이라고 봐. 나라면 그 값에 두 번은 내 목을 바쳤을 거야. 덤으로 남의 목도 몇 개 챙겨 다가. 사번 같은 경우에는 마약중독자이니만큼 지급 방식이 조금 다르기는 했지만 마약중독자에게 그 금액은 결코 무시할 수 없는 수준이었고.

"풀장에 흰 가루를 들이붓고 그 안에서 수영도 할 수 있을 값이야."

"군말은 못 하겠군."

"므 그래 이글 느가 스킨 건데? 으르신께서 흐느님의 좆물 같은 걸 쓸 븓은 아이잖아."

"이모도 참. 의뢰인에 대해서도 준비해놨죠. 이번, 자료 부탁해."

나조차도 알 정도로 유명한 인물의 사진이 화면에 뜨더군. 호르도스 남작 부인이었어. 8우주에서 영향력이 큰 귀족이었던 호르도스 남작의 암살 미수 사건은 꽤나 유명했으니까 모를 수가 없었지.

호르도스 남작은 차라리 암살을 당하는 게 나았으리라는 평을 들을 정도의 후유증을 겪고 있다고 들었으니, 우리의 의뢰인이 호르도스 남작 부인이라는 것이 납득이 가더군. 신의 씨앗이 있다면 남편의 몸을 고칠 수 있으리라고 생각했을 거야.

무엇보다 많이들 모르는 사실이지만 호르도스 남작의 가계는 고엘 정교회에서 겉으로 보이기 싫어하는 일들을 대신 처리해주는 청소부잖아. 그러니 태모신교의 성유물을 빼앗는 일에도 거리낌이 없었을 테지.

"즐나신 기족 나리네."

"맞아요. 그러니 지불은 걱정하지 마세요. 우리가 이걸 터뜨리기만 하면 8우주를 뒤흔들 대형 스캔들은 확정이니까."

다들 잠시 입을 다물었어. 사실 브리핑이 시작되기 전까지도 삼번이나 사번은 도살장에 끌려오는 기분이었을 거야. 어르신의 요청으로 불려온 탓에 거절했다간 목이 잘릴 판이고, 수락했다간 미치광이 종교쟁이들이 옹기종기 모여 사는 행성에서 목이 잘릴 판이었으니까.

하지만 설명을 들은 뒤의 기분은 180도 딴판이었을 거야. 그 액수. 그 의뢰인. 삼번도 사번도 일번의 설명을 듣고서 이 일이 아마 평생 동안 단 한 번 찾아올 기회임을 깨달았어. 이제까지 살면서 겪은 모든 고난에 대한 보상에 보너스를 붙여서 돌려받는 기분이었겠지. 판돈이 이만큼이라면, 아무리 손에 쥔 패가 똥패였어도 목숨을 걸지 않는 쪽이 바보임은 분명했어.

"다른 분들도 다 작전에 동의를 하신 것 같은데, 디테일하게는 어떻게 됩니까?"

"우리가 몇 번부터 몇 번까지 있지?"

"일번부터 오번까지요."

"그래. 다섯 개의 과제가 있어. 그렇기 때문에 모은 다섯이야."

일번은 스스로 화면을 조정하여 다섯 개의 지도를 우리 앞에 선보였어. 축척이나 형태가 모두 다양해서 준비가 제법 철저히 되었음을 알 수 있었다. 일번은 그 다섯 개의 지도와 관련 자료들을 각 멤버의 스크린으로 전송했지.

"다섯 개의 과제는 다음과 같아. 첫 번째 과제. 무간도 가이 아로의 입국. 두 번째. 신의 씨앗을 보관하고 있는 성소로의 잠입. 세 번째. 도주 경로 확보. 네 번째. 철견들과 관리자 사제들의 추격에 대한 대비책 마련. 다섯 번째. 금고 개봉하기."

일번은 주먹 쥔 손을 들어 올리고는 검지를 폈어. 첫 번째 과제.

"이곳은 어디까지나 공식적으로는 태모신교 내부의 악인들을 수용하는 곳이기 때문에 종단 외부의 인물은 아예 들어갈 수조차 없어. 평신도 수준이면 당연히 불가능하고. 광신도들의 투견 놀음은 단순한 놀음이 아니라 종교적 제례에 가까워. 유흥 목적으로 방문하는 귀족들도 있다고는 하지만 우리가 귀족인 척 숨어들 정도로 방탕한 곳은 아니야. 더욱이 무간도 가이아의 시설 관리는 종교 내부의 사업체들이 하기 때문에 아무래도 심사가 빡빡해. 고용인들 대부분이 봉사자의 자격으로 종교적 수행의 일환으로 일을 하거든."

"느등자 등츠믁는 스끼들."

다음으로는 중지도 폈지. 두 번째 과제.

"성소라는 공간은 아직 정보가 없어. 다만 다른 철견들이 상주하는 1구역부터 11구역까지가 아닌 특수 구역에 위치하고 있다는 정도만 알아낼 수 있었지. 무간도 가이아에 대한 자료 중 그나마 외부에 유출된 것들은 대부분 철견들에 대한 정도라서 다른 정보를 더 알아내려면 내부로 잠입한 뒤 정탐을 해줘야 해."

"행성을 다 뒤져서 건물 하나를 찾아내야 한다는 이야기네요?"

이번에는 약지까지. 세 번째 과제.

"도주 경로도 난감해. 이제까지 구한 자료로 봤을 때 무간도 가이아는 군사 행성만큼이나 방위 시스템이 잘 마련되어 있어. 행성 간 순간이동이 가능한 퀑이라면 지표면에 발을 붙인 순간 위성에 바로 잡혀서 감시 대상 1순위가 될 거야. 그리고 철견들은 수형자인 동시에 교도관이기도 하지. 행성의 모든 사람들이 우리의 적대자야."

그러고는 소지마저 펴고. 네 번째 과제.

"철견과 수호 사제들의 추격이 왔을 경우에 대한 해결 방법은, 없어. 그냥 죽어야지 뭐. 평소 사업을 벌일 때라면 어디 전투 퀑이나 하이퍼라도 고용을 해서 뒷감당을 했지만 이번엔 전문가들이 바글바글한 곳에서 비즈니스를 하자니 그냥 대책이 없다. 작전을 잘 짜서 이 친구들이 우리를 쫓아오지 못하도록 해야만 해."

"가장 편히 죽을 방법을 마련해두겠습니다."

마지막으로는 엄지. 다섯 번째 과제.

"신의 씨앗이 든 금고는 우리가 지금 있는 수다방처럼 특수사물 큉 공간이야. 기존 물리법칙이 통용되지 않지. 게다가 열쇠도 없어. 왜냐면 태모신교에게 있어 신의 씨앗은 연구를 할 것도 사용을 할 것도 아닌 골칫덩이에 불과하기 때문이야. 만약의 경우를 대비해서 보관은 하지만 그걸 꺼낼 때는 엄중한 절차를 거쳐 콤비네이션 기술을 쓰는 하이퍼 큉을 부르고 말지 어설픈 자물쇠나 열쇠에 맡기지 않겠다는 것이지."

더 이상 펼 손가락이 없어지니 나는 그냥 어이가 없더라. 다섯 개의 과제라고 하는데 그 다섯 개의 과제 하나하나가 행성 단위의 스케일이니 어떻게 해답이 떠오르지 않더라고.

다른 사람들은 무슨 생각이었는지 모르겠지만 조용히 자기앞에 띄워진 스크린을 바라보며 일번이 보내준 자료를 훑었어. 그러고는 사번이 주머니에서 약을 하나 찾아 입 안에 던져놓고는 중얼거리더군.

"뭐…… 이야기를 다 듣고 자료도 보니까 생각보다 어렵지는 않아 보이는데?"

"습다."

"그렇지? 간단히 해치우자."

6

어둠. 섬광. 폭음. 열기. 불꽃. 비명. 절규. 군중. 고함. 붕괴. 균열. 구토. 신내. 탄내. 이명. 굉음. 파열. 상처. 시체. 질주. 탄식. 분노. 고통. 눈물. 남자. 상처. 저항. 구속. 절상. 감염. 고통. 슬픔. 치욕. 분노. 분노. 분노. 분노. 분노…… 선배. 아니야. 다음. 다음.

그래. 꿈이야. 그날 아침 일상은 그 꿈에서 시작된 것은 맞지. 하지만 중요한 이야기는 아니니까 넘어가자. 꿈이란 게 원래 그렇잖아. 있었던 일에 영향을 받지만 있었던 일을 그대로 재현하는 경우는 드물지. 과거의 꿈은 과거가 아니라 과거의 꿈이야. 저 꿈도 마찬가지야. 과장되고 왜곡되고. 내가 저런 사람은 아니라고.

일어나니 한기가 들었어. 식은땀 때문이었지. 땀 때문에 젖은 몸에 찬 공기가 들이닥쳐서 그랬던 거야. 꿈은 꿈이고 과거는 과거라는 것을 다시 정돈하는 데 시간이 걸렸어. 하지만 오래 걸리지는 않았다. 이런 악몽이야 아침에 기분만 조금 더럽고 마는 그런 거야. 매번 그래왔다고.

"의외군."

"······일번 누님?"

"자는 동안에도 마스크를 쓰고 있을 줄은 몰랐어."

"이 멋진 육체미를 보시고서 받은 감상이 고작 그거예요?"

"응."

나는 침대에서 일어나 옆에 던져놓았던 옷가지를 주섬주섬 주워 입었지. 일번은 담배를 태우면서 내가 옷을 다 입기를 기다렸고. 창밖의 햇살을 보니 정오가 다가왔음을 알 수 있었어. 평소보다 좀 일찍 일어난 날이었지.

"일번 누님, 오셨으면 깨우시지 뭘 또 저 일어나길 기다리셨어요? 이번 누님은요?"

"너 끙끙대는 게 웃겨서 좀 보고 있었어. 그리고 오늘은 사업 얘기로 온 게 아니라서 이번은 없다. 어서 씻어. 밖에 나갈 거니까."

"무슨 일로? 점심부터 술 동무라도 필요하세요?"

"쇼핑 갈 건데 짐꾼이 필요해. 다 나르면 술 정도는 사줄게."

* * *

쇼핑이라. 나는 일번이 그런 섬세한 작업이 어울리는 사람은 아니라고 생각했는데. 가게를 찾아가서 상품을 비교하고 분석해 구매하고 집까지 들고 오는 그런 반(反)도시적인 업무는 반도시적인 삶을 살 수 있는 경제적 혹은 정서적 사치를 부릴 여유가 있는 사람뿐이지. 그리고 일번은 그런 여유와 전혀 상관없는 사람 같았거든.

하지만 의외로 일번은 경제적으로 여유가 있었어. 도둑답지 않은 일이지. 솜씨 좋은 도둑들에게 돈은 쌓아놓는 물건이 아니라고 해. 길가에 떨어진 자갈 따위의 물건을 애써 금고에 모아놓는 사람이 없는 것처럼 말이야.

"너랑 다니니까 짐을 들지 않아서 좋아."

"요즘 세상에는 택배라는 서비스가 있는데요."

"그건 폼이 안 나잖아."

우리는 교외의 커다란 건물 앞에 서서 잠깐 뜸을 들였어. 일번이 건물 안에 들어가기 전에 담배를 태울 시간을 가져야만 했거든. 그날 나는 도둑 일을 잠시 쉬고 폼을 잡기 위해 고용된 개인 비서로 일했던 셈이야.

일번이 담배를 태우는 사이 나는 2차원 평면 안에 가두었던 선물 상자 열댓 개를 3차원 공간에 풀어놓았어. 박스는 대부분 장난감과 과자 따위로 가득했지. 쇼핑을 하러 나간다는 것도 내 예상 밖의 일이었지만 쇼핑한 물건들은 더더욱 짐작하지 못한 종류의 상품들이었어. 일어났을 때만 해도 무기라든가 작업을 위한 특수 장비들을 사러 갈 것이라 생각했으니까.

뜬금없기만 했던 쇼핑의 종착지는 다른 어떤 곳도 아닌 고엘 정교회 산하에서 운영되는 고아원이었어. 그날 산 물건들 대부분이 아이들을 위한 선물이었던 거야. 자선사업이라. 이건 나름 도둑이 할 법한 일이었지. 돈을 탕진하기도 쉬우면서 죄책감을 지우기도 쉬우니까. 범죄자인 스스로를 정당화하고 싶다면 의적인 척 구는 건 나름 도움이 되는 일일 거야.

"질량등가치환은 원하는 물건은 뭐든지 손안에 가져올 수 있지만 능력을 쓰기 위해서는 갖고 싶은 물건에 상응하는 물건을 대가로 치러야만 해. 만약 나 혼자 이 짐을 날라야만 했다면 몹시 복잡한 과정을 거쳐야만 했을 거야. 끔찍하지."

"차원전환은 물건을 직접 만지기 전까지는 능력을 쓸 수 없고요. 누님은 집 밖에 한 발짝도 나가지 않고서도 원하는 물건을 챙길 수 있는데 전 그렇게 못하잖아요. 다들 각자의 장단점이 있는 것 아니겠어요?"

일번은 약간 신경이 날카로워진 눈치였어. 담배를 신발에 비벼 끈 다음 질량등가치환으로 아주 먼 곳에 버려버리는 모습에서 낌새를 챘지. 평소라면 길가에 휙 버렸을 텐데 말이야.

"그나저나 정말 아름다운 장미 정원이네요. 고아원에 있을 법한 장식용의 정원이라고는 믿기지가 않을 정도예요."

"하하, 너도 알겠냐? 행성 칼바리오에서, 아니 8우주에서 이렇게 우아한 장미 정원은 다른 어디에서도 찾아볼 수 없을 게다."

일번이 담배를 땅바닥에 던지지 않은 것도, 정원에 대해 극찬을 하는 것도 다 도둑이 할 법한 이야기는 아니었지만 그래도 이해가 갈 만한 일이었어. 왜냐면 그 고아원의 정원에는 수천 송이의 장미가 너무나도 아름답게 피어 있어서, 도무지 그 풍경을 망칠 불량한 짓은 상상조차 못 하겠더라고.

단순히 장미가 예쁘다는 게 아니야. 장미가 많다는 것도 아니고. 정원의 배치와 건물과의 조화 그리고 짙은 꽃향기에서 정원사의 고급스러운 풍취를 느낄 수 있었어. 내가 감탄과 함께 정원의 풍경에 취한 사이 일번은 옷매무새를 가다듬고 거울을 꺼내 머리 상태 체크나 하고 있었지. 마지막으로는 향수를 뿌리기까지 했고.

"어떠냐. 누님 까리하냐?"

"여기서 제가 긍정을 하든 부정을 하든 무슨 의미가 있습니까?"

"없어."

이 여자가 이렇게나 긴장하는 모습은 처음 봤단 말이지. 게다가 자기 생김새에 자신이 없다는 듯이 구는 모습은 정말 일번답지 않은 모습이었어. 내가 봐도 일번의 얼굴은 도둑질을 하기에는 아까운 얼굴이었다고.

"저에게는 의미가 있겠네요. 오셨어요?"

"수녀님!"

저 어울리지도 않는 짓거리의 원인은 그렇게 오래 걸리지 않아 밝혀졌어. 뭐긴 뭐겠어. 명민한 도둑의 눈을 멀게 만드는 건 언제나 사랑이었지. 하지만 그 사랑의 대상이라는 것이 세상에나, 거참. 하필이면.

일번은 당장이라도 혼절할 것처럼 당황한 기색을 감추지 못하더라. 도무지 이 사람이 행성 칼바리오에서 가장 솜씨 좋은 도둑이라는 것을 믿을 수가 없더군. 이렇게까지 좋아하는 여자 앞에서 감정을 숨기지도 못하고 냉정도 유지하지 못하고 긴장해서 버벅거리기나 하는 도둑이 현장에서 그러지 않으리란 법이 있냐는 말이야.

"저런. 또 담배를 피우셨죠?"

"아…… 네! 하지만 걱정하지 마세요, 수녀님. 탈취제도 뿌리고 했으니까 아이들 건강을 해치거나 하지는 않을 겁니다."

"제가 아이들만 걱정하는 것도 아니잖아요. 자매님 건강도 염려하고 있어요."

"영광입니다!"

거기까지 진행되니 어이가 없어서 입이 딱 벌어지고 말았지. 영광입니다. 영광입니다. 정말로 그렇게 말했어. 내 기억이 잘못된 게 아니야. 차라리 그랬으면 좋겠다. 그제야 나는 그 수녀가 어떤 사람인지 살피자는 생각이 떠올랐어. 도대체 세상 쓴맛 단맛 대부분 맛봤을 범죄자를 이렇게나 쥐락펴락하는 성직자라면 그 관상이 궁금할 법도 하잖아.

그런데 거참. 도둑의 눈을 멀게 한 수녀도 눈이 먼 사람이었어. 한쪽은 사랑에 눈이 멀었다면 다른 한쪽은 폭탄 때문에 눈이 먼 사람이었다는 차이 정도는 있었지만 말이야. 일번이 관념적 차원에서 맹인이었다면 수녀는 물리적으로 맹인이었지. 뒤늦게 들은 이야기지만 아주 어릴 때 테러 사건에 휘말렸다고 하더군. 그날 이후로 시력을 완전히 잃었다고 해. 뇌와 연결된 신경마저 다쳐서 인공 안구도 소용이 없었고 말이야. 생활 보조 드론 덕에 지내는 데는 별 무리가 없다고는 해도 안타까운 일이었어.

군이 말하자면 이 수녀 앞에서는 일번의 가장 큰 무기가 봉인이 된 셈이지. 자기 잘난 얼굴만 믿고 누구든 만나고 다녔던 이 도둑이 사랑에 빠진 사람이 수녀에다가 시각장애인이라니.

"아이들, 그, 아이들은 잘 있지요? 이것저것 사 왔어요."

"어머, 오늘도…… 감사합니다. 자매님. 아이들이 무척 기뻐할 거예요."

도둑과 수녀라. 제법 낭만이 느껴지는 울림이기는 해. 생각해봐. 나는 그날 하루를 일번의 변덕 때문에 완전히 공쳤는데, 그게 의도하지 않은 고엘 정교회 소속 고아원에 대한 자원봉사 때문이었고 또 그 얼굴에 그 나이를 하고서도 좋아하는 사람에게 제대로 들이대지도 못하는 꼬락서니를 강제로 관람해야 했다고. 하지만 일번의 약하다면 또 약한, 의외라면 또 의외인, 귀엽다면 또 귀여운 저 낭만 어린 모습을 보노라니 슬며시 웃음이 나오더라고.

물론 여기서 웃음이 나온 사람은 나뿐이었어. 일번은 정말 귀 끝까지 빨개져서 큭큭대는 나를 아주 죽여버리겠다는 듯이 노려보더라니까. 적반하장도 유분수지! 그때 그 서생이 그 부끄러운 꼬락서니를 강제로 보게 된 사람에게 화를 낼 입장은 아니었잖아?

'너 이따가 손가락 여섯 개를 역방향으로 꺾어버릴 테니까 기다려.'

'살려주세요.'

'살려는 둘 거야. 네 비명을 가능한 한 오래 들을 수 있도록.'

당시에 이번이나 다른 자이카족 혹은 텔레파스 계통의 퀑이 없었던 것은 확실해. 하지만 분명히 나는 그 순간 일번이 머릿속으로 나에게 말을 거는 것을 들었고, 나 역시 머릿속으로 일번에게 답했어. 이건 추측이 아니라 사실이야. 그날 고아원에서 나오는 길에 정말로 일번은 내 손가락을 역방향으로 꺾어버리려고 했으니까.

7

"마셔."

"아파죽겠는데 뭘 더 마셔요……."

"마시지 않으면 남은 손가락 네 개도 아프게 될 거니까."

그날 저녁 일번은 자기가 한 말을 모두 지키려고 했어. 짐 꾼이 된 나를 술집에 데려다줬고 손가락 여섯 개를 반대 방향으로 접을 수 있게 만들어주려고 했지. 후자는 결국 달성하진 못했지만 정말 최선을 다했어. 누구도 부정하지 못할 거야.

일번이 나를 끌고 간 술집은 생각 외로 깔끔했어. 살짝 낮은 조도의 노란 조명에 적당히 거리감 있는 테이블 그리고 주인의 취향을 알 수 있는 메뉴 리스트까지. 정말 술을 마시기 위한 곳이었거든. 헌팅을 하거나 회식을 하는 그런 종류의 분위기가 아니라 그냥 술 자체에만 집중하는 곳이었어.

말이야 아파죽겠어서 못 마시겠다고 엄살을 피우기는 했지만 제대로 술을 즐길 기회라 기분은 나쁘지 않더군. 그렇다고 술을 통해 무슨 장인정신을 느끼게 해준다며 고상한 체하는 곳이 아니라 그냥 조촐하고 투박한 가게에 더 가까웠지. 나는 또 누님께서 동생을 이끌고 사회생활 견학시켜준다고 할까봐 기대를 접고 있었는데 훨씬 나은 자리였으니까.

"누님, 여기."

"응."

일번은 고맙다는 듯 손을 한번 들어 보이고는 내가 건넨 재떨이에 담뱃재를 털었어. 맞아. 술을 완전하게 무슨 예술 작품처럼 마시는 곳이라면 실내 흡연이 가능하지도 않지. 그날 일번이 날 끌고 간 곳은 행성 칼바리오에서도 그렇게나 드물다는 실내 흡연이 가능한 술집이었거든. 이 망할 행성은 범법 천국인 주제에 벌금 물리는 것으로 국정을 운영하는지 별별 규제로 가득해.

"예뻤지?"

"아름다우셨습니다."

"좋아, 좋아……."

누가 혹은 무엇이 예뻤느냐에 대한 질문인지는 뭐 뻔했지.

일번이 푹 빠져서 정신을 못 차리는 그 수녀님이 아니고 또 누구겠어? 사실 내 눈에는 그 사람이 그렇게 예쁜지는 모르겠다 싶기는 했지만, 사람이 눈치란 게 있잖아. 만약 제 눈엔 별로였는데요, 하고 했어 봐. 작전이고 뭐고 없었을 거야.

하지만 그 사람에게 어떤 매력을 느꼈는지는 알 것 같아. 흔히들 많은 사람들이 작품을 보고 그 작품을 만든 사람의 됨됨이를 가늠하고는 하지. 그렇게 허술한 방식으로 그 사람의 깊이를 알 수 없다는 것을 모르지 않으면서도, 어떤 문구나 색채 그리고 경치를 보게 된 순간 넋을 잃고 그 사람에게 매혹될 때가 있어. 그리고 그 장미 정원에는 분명 그런 힘이 있었어.

"나는 말이다."

"옙, 누님."

"꿈이 있단 말이다."

일번은 길고 긴 호흡으로 천장을 향해 담배 연기를 뿜었어. 그러고는 그다음에 꺼낼 말을 고르면서 연기의 꽃이 천천히, 하지만 멈추지 않고 조용하게 천장을 수놓는 모습을 바라보더군.

길다면 길고 짧다면 짧은 시간이 지나 꽃밭이 전부 시들었을 무렵이 되어서야 일번은 제법 타들어간 재를 털어내고서 말을 이었지.

"수녀님이 이 거지 같은 행성을 떠나서 편안하게 꽃밭만 돌보며 지내셨으면 좋겠다는 말이지."

"쉽지 않겠네요."

"그래. 수녀님이 딱히 떠나고 싶어 하시지도 않고. 그러니이 거지 같은 행성의 지역구 하나 정도는, 수녀님이 계신 도시정도는 내 것으로 만들어놓아야 걱정이 안 들겠다, 이 말이야."

순간이지만 말문이 막히더군. 도둑질이 생업인 사람의 포부치고는 너무나 스케일이 크잖아. 하지만 이번 일의 성공 보수를 생각하면, 또 어르신에게 받을 호의를 생각하면 일번의계획은 그렇게까지 허황된 것도 아니었어.

"왜 그러냐. 말도 없고. 웃기냐?"

"아뇨, 감탄을 해서."

"자식……."

일번은 점원을 불러 술을 두 잔 더 주문했어. 자기 앞에 한잔. 내 앞에 한 잔. 내 대답이 썩 마음에 들었던 게지. 우리는별다른 이야기도 하지 않고 조용히 침묵과 술을 즐겼어. 그냥그걸로 좋은 분위기였고. 좋은 술자리는 언제나 이렇다니까.

대화가 다시 시작된 것은 두 번째 잔의 바닥이 보일 무렵이었어. 수다를 떨 생각이 들었는지 일번은 손가락을 까딱 거리며 얼굴을 맞대도록 시키더군.

"동생아."

"옙, 누님."

쾅, 쾅, 쾅!

"누, 누님?!"

일번은 순식간에 내 뒤통수를 붙잡고는 테이블에 내리찍었어. 그다음으로는 잽싸게 테이블 위에 올라타고는 내 팔을 꺾고 다시 한번 이마를 쥐고 또 내리찍었지. 어찌나 빠르게 이루어진 일인지, 가면을 쓰고 있어서 그렇게 아프지는 않았지만 정신이 다 달아나더라.

도대체 무슨 일인지 모르겠어서 어리둥절한 사이 섬뜩한, 술잔에 든 얼음처럼 차가운 총구가 내 목덜미에 입을 맞추고 있다는 사실을 깨달았지.

"너 뭐 하는 새끼냐?"

"누님…… 저 아시잖아요?"

"아니, 모르겠는데? 말해봐. 너 뭐 하는 새끼냐고."

"저야 차원전환 큉이고, 오번이고, 어르신 소개 덕에 팀에 합류했고……."

"그래. 이상하잖아. 도대체 뭐 하는 새끼기에 어르신 빽으로 내 팀에 꽂혔지? 분명 어르신이 입안한 작전에 차원전환 큉이 필수인 것은 맞아. 그리고 너도 알겠지만 차원전환 큉은 이 바닥에서 흔히 보이지 않는 희귀종이지. 차라리 어설픈 하이퍼를 보는 게 더 쉬울 거야."

쓰읍, 하一. 일번이 담배를 깊이 빨아들였다 다시 연기를 내뱉는 소리가 들렸어. 그 정도로 주변이 적막했다는 이야기야. 그래. 뒤늦게 깨달았지만 일번이 나를 그 가게에 데려갔을 때는 이미 이럴 계획이었던 거지.

"예전에 퀭 딜러인 친구랑 사업을 같이한 적이 있어. 그 친구는 이름 좀 있는 하이퍼 퀭 트레이너이기도 해. 대부분의 경우 물건에 대해 잘 아는 사람은 그 물건을 파는 사람이지. 어떤 물건이 있을 때 만드는 사람보다 파는 사람이 더 잘 안다고. 그리고 그 친구는 내가 아는 한 8우주에서 퀭을 가장 많이, 가장 비싼 값에 팔아치운 친구야."

"대단한 사람이군요. 그런데 그 이야기는 저 풀어주신 뒤에 하면 안 될까요?"

"안 돼. 내 친구 이야기를 좀 더 해야겠어. 그 친구가 가르쳐준 노하우가 있거든. 그건 바로 하이퍼 퀭이든 그냥 퀭이든 애들을 감별할 때 가장 우선하는 기준 중 하나는 처음으로 깨달은 능력이 무엇이고 또 그 계기는 무엇이었는지를 알아야 한다는 거였어."

"흥미롭군요. 그러니까 제발 총 좀 치우고 말합시다."

쿵, 다시 한번 테이블에 찍더군. 그것도 진동을 세게 줘서 이번에는 가면을 쓰고 있었음에도 아팠어.

"닥치고 들어. 그 친구 말로는 능력을 보고 계기를 아는 것만으로도 그 큉의 성격 혹은 성향을 짐작할 수 있다는 거야. 처음에는 혈액형 분류법 같은 이야기라고 비웃었지만, 더 듣고 보면 꽤 그럴듯해. 왜냐하면 주완 말로는 혈액형은 수혈을 할 때 외에는 그 사람의 삶에 영향을 주지 않지만 큉의 능력은 그 사람이 어떤 상황에서 하나의 선택지를 마주치고 그 선택을 한 경험이 중첩되면 그 사람의 경향으로 이어지게 된다는 거였어."

"도대체, 그 주완이라는 분의 노하우가 지금 상황과 무슨 상관이죠?"

"있지. 나는 질량등가치환이 능력이잖아? 그래서 그 친구한테 물었어. 내 능력은 어떤 성향으로 이어지냐고. 그때 그 친구가 그러더군. 질량등가치환 능력자들은 8우주에서 둘째가는 욕심쟁이라는 거야. 갖고 싶은 물건이 있으면 어떻게든 자신의 손아귀에 넣지 못하면 아주 미쳐버리는, 아예 물리적 오류마저 발생시켜서라도 빼앗을 새끼들이라는 거지."

"그럴싸하군요. 누님은 그러세요?"

"8우주야 넓으니 모든 치환 큉이 그럴지는 모르지만, 글쎄.

73

나를 포함해 내가 본 사람들은 전부 그렇더군. 봐봐. 내가 지금 가장 갖고 싶은 건 내가 갖지 못한, 신이 소유하고 있는 수녀를 그 더러운 품에서부터 빼앗기 위해서야. 그런데 우습잖아. 이렇게 정신 나간, 나 같은 새끼들조차 8우주에서 첫째가는 욕심쟁이도 아니고 둘째가는 욕심쟁이라고 하다니. 그렇다면 첫째가는 욕심쟁이는 누구일까 궁금하지 않아?"

"궁금해요. 궁금하니까 총부터 치워주세요."

"같잖은 연기 하지 마. 주완 녀석 말로는 너 같은 차원전환 킹이야말로 이 우주에서 상종조차 하면 안 될 악질에 독종인, 첫째가는 욕심쟁이들이라고 하더군. 질량등가치환 킹들은 최소한 갖고 싶은 것을 얻기 위해 자신이 들고 있는 패를 희생하는 법이라도 알지만, 차원전환 킹들은 소유욕에 미쳐버려서 갖고 싶은 물건은 남이 손도 대지 못하도록 자신만의 2차원 평면 공간 안에 가둘 정도로 지독한 또라이들뿐이라고 말이야. 그리고 나는 내 꿈을 이루기 위해서 그런 위험 분자들과 함께 일할 때는 뭐가 문제고 뭐가 변수일지 알아두지 않으면 안 돼. 자, 오번. 답해봐. 너는 어떤 새끼지? 뭐가 너를 돌아버리게 만들었어? 네 가면 안에 숨겨진, 네가 가슴에 품고 있는 비밀은 무엇이지?"

8

"말하겠습니다. 좋아요. 저나 어르신이 누님한테 말하지 않은 게 있는 건 사실입니다. 이야기가 기니까 우선 풀어주세요."

"좋아. 하지만 총은 치우지 않을 거야."

"괜찮습니다. 제가 뭐 누님 멕일려고 숨긴 것도 아니었으니까요."

일번은 비틀었던 내 팔을 풀어주었어. 나는 겨우 의자에 제대로 앉을 수 있었지. 일번은 경계를 늦추지 않은 채 테이블 위에 올라앉아 나를 향해 총을 겨눴어. 비록 총구가 목덜미에서 미간으로 옮겨졌다 뿐이지 여전히 언제 방아쇠가 당겨질지 모르는 상황이기는 했지만 그래도 한숨 놓을 수 있었지. 만약 일번이 내 변명을 듣지도 않고 총을 쏘았다면 그걸로 내 인생은 끝이 날 뻔했으니까.

"누님. 괜찮으시다면 이 가면부터 벗고 이야기를 해도 되겠습니까?"

"가면은 왜? 여태까지 잘만 떠들었으면서."

"제가 정체를 숨긴 이유는 가면 안의 얼굴과도 연관이 있거든요."

아주 짧은 침묵이 있었어.

"허튼 수작을 부리면 어떻게 되는지 알고 있겠지."

"제가 누님 앞에서 무슨 배짱으로 그러겠습니까?"

"여태까지 구라를 친 놈이 무슨 배짱으로 그렇게 지껄이냐? 내가 벗길 테니까 너는 그냥 손 들고 있어."

나는 천천히 양손을 들어 보였지. 무기도 없고 능력도 쓰지 않겠다는, 전면적인 항복의 의사 표시였어. 그리고 실제로 일번에게 저항할 생각도 없었고 말이야. 일번은 나랑 비슷한 유형의 큉이었잖아. 우리 같은 큉들은 공간이 일그러지는 순간에 대한 기술 민감도가 다른 큉들보다 뛰어난 편이야. 더욱이 일번은 능력의 출력이 아닌 섬세한 사용을 훈련한 전문가 중의 전문가였으니 감히 대들 생각은 들지 않더군.

일번은 한 손으로는 총을 여전히 쥔 채로 주머니를 뒤적거리더니 동전 하나를 꺼냈어. 그다음에는 연사치환으로 내 가

76

면이 세로로 쪼개지도록 금을 만들었어. 질량등가치환을 연속적으로 사용해 작은 물건 하나로 보다 큰 질량의 넓은 범위를 부수는 기술이었지. 그 속도와 공간에 대한 파장 그리고 작은 파열음까지 너무나도 부드럽게 진행이 되어서 얼결에 박수마저 칠 뻔했어.

"흐음."

"이제 제가 왜 가면을 쓰고 다녔는지는 아시겠죠?"

"그래."

너도 알고 있겠지만 가면 안의 내 얼굴은 정말로 벌레 먹은 얼굴이었지. 수사적인 표현이 아니라, 실제로 벌레가 먹게 만든 얼굴이잖아. 그때 일번도 제법 놀란 눈치였어. 얼굴 곳곳에 구멍이 숭숭 뚫려 있고 그 안에는 화석처럼 굳은 벌레의 알들이 죽은 채로 박혀 있었으니까. 진물이라도 흐르지 않는 것에 안심하는 눈치더군. 그 대범한 양반이 찔끔하는 모습을 보다니, 어떤 의미로는 그때 내 얼굴에 자부심마저 들더라.

"이대로 대화해도 괜찮으시겠습니까?"

"내가 그 정도로 눈썹 하나 까딱하겠냐?"

"하나 정도는 하시던데요."

"그래. 하나가 아니라 두 개 정도 했다. 그러니까 이제 말해봐."

* * *

"짐작하셨다시피 저는 뒷골목 사람은 아닙니다. 행성 다리
고라고 아실지 모르겠습니다. 제가 그곳에서 나고 자랐거든
요. 그렇게 유명한 곳은 아니에요. 밝은 사업이든 어두운 사업
이든 그냥저냥인 동네니까요. 애초에 유명해질 수 없게 된 곳
이기도 하고요.

저는 쿵으로 태어난 것치고는 안정적으로 살았죠. 굳이 말
하자면 나름 사는 집안 출신이었고요. 어머니가 행성 다리고
의 지역 유지셨어요. 유복한 가정에서 양친의 지원을 받아 학
교도 잘 다녔고 교우 관계도 원만했습니다. 어릴 적에는 정말
그 마을에서 떠받들어지며 지냈습니다.

하지만 이건 어디까지나 제가 나이를 먹기 전까지의 이야
기입니다. 어느새 머리가 굵어지고 이제 집안의 일도 어깨너
머로나 거들게 되었을 무렵 저를 지탱하고 보살폈던 기반은
완전히 박살이 났거든요.

어느 날 제가 사는 지역에 이상한 유행병과 기생충이 돌기
시작했어요. 사람들은 무슨 영문인지 눈치채기도 전에 픽픽
숨이 끊어지고 말았죠. 저야 쿵이니까 질병에는 면역이 있었
지만 기생충으로부터는 자유롭지 않았죠.

제 얼굴에 뚫린 구멍들 보이시지요? 이건 기생충 라히리가 제 얼굴에 알을 까놓기 위해 파먹은 자리입니다. 그리고 이 구멍들 안에 여드름처럼 박힌 것들은 모두 라히리의 알이에요. 합성수지로 굳혀놓아서 안에서 다 썩어버렸겠지만 그래도 떼어낼 수는 없었습니다. 뇌의 몇몇 군데까지 알집이 뿌리를 내리고 있어서 함부로 손을 댔다가는 목숨이 위험해지거든요.

처음 보는 돌림병으로 사람들이 죽어나니 무슨 수를 쓸 수가 없더군요. 더군다나 어느새 경계령이 내려져서 저희 지역 사람들은 완전히 고립되고 말았습니다. 저희 집은 특히 더 그랬죠. 지역을 대표하는 가문이니 뭐니 하는 사회적 위치가 오히려 독이 되었어요. 숨을 곳도, 도망칠 곳도 없었지요.

나중에야 알게 되었지만 그 돌림병과 기생충들은 모두 어떤 종교 집단의 실험과 관련된 사고 탓에 마을에 퍼진 것이었어요. 이쯤이면 짐작이 가시겠지만, 맞아요. 태모신교가 벌인일이었죠. 당시에는 그치들이 복음을 설파하기 위한 봉사의 일환이라고 홍보하던 심방이 그런 식으로 엮일 줄은 상상도 하지 못했고요.

단순히 돌림병이 퍼진 것이었다면 이 이야기의 결론은 좀더 밝았을 겁니다. 아무리 독한 질병이어도 모든 사람이 떼죽음을 당하지는 않으니까요. 하지만 태모신교는 도주자를 잡는 데 실패했을 경우 생겨날 리스크를 피하기 위해 이 마을을 폐쇄하는 것으로도 모자라 아예 지도에서 지워버리기로 결정을 내렸습니다.

당시 그 마을에서 벌어졌던 학살극에 대해서는 굳이 길게 이야기하지 않겠습니다. 결과만 말씀드리자면 생존자는 한 손에 꼽힐 정도였습니다. 진실은 은폐되었고요. 저를 제외한 다른 생존자들은 모두 종단의 감시 아래에 놓이게 되었습니다.

저는 이 8우주 안에서 제 몸을 의탁할 곳을 찾아야 했습니다. 태모신교의 추격이 있을지도 모르는 상황에서 그저 어디 숨어 지내는 것만으로는 모자라다는 생각이 들어서 저는 어르신을 찾아가 보호를 요청했습니다. 어머니가 행성 다리고에서 어르신과 거래를 꾸준히 진행하셨던 분이셨기 때문에 가능한 일이었습니다.

나이를 먹고 힘을 기를수록 제 머릿속에는 복수라는 단어 하나가 이 얼굴에 박힌 라히리의 알들처럼 떨어질 줄 모르더군요. 복수, 도대체 어떻게 해야 제가 그 시절을 잊을 수 있을까요? 아마 쉽지는 않을 겁니다. 어차피 저 같은 일개 수배자가 태모신교 같은 거대 종단을 무너뜨릴 수는 없을 테니까요.

하지만 당시 제가 살던 마을을 지도에서 지운 장본인 몇몇은 찾아낼 수는 있겠죠. 그리고 제 능력으로 찢어버릴 수도 있을 겁니다. 그것만으로는 부족하지만 그것만이라도 해야겠다는 일념에 사로잡혔습니다.

어르신께서는 제 이런 바람을 익히 알고 계셨지만 저의 욕심대로 움직일 분도 아니었습니다. 어머니 생전 몇 번의 거래에서 도움을 받으셨고 그 탓에 도의적으로 저를 돕기는 하셨지만 어디까지나 비즈니스적으로 사안에 접근하는 분이니까요. 복수가 돈이 되지 않는다면 하지 않으실 겁니다. 그래서 저는 기회를 기다렸습니다. 언젠가 분명 태모신교에 한 방 먹일 비즈니스가 생길 것이라고 믿어 의심치 않았으니까요.

그리고 아시다시피 그 기회가 드디어 찾아왔습니다. 무간도 가이아에 잠입해 신의 씨앗을 훔치는 그 작전 말입니다. 저는 무간도 가이아에 기록되어 있는 종단의 인사 기밀 자료를 원합니다. 이 작전은 그 자료를 얻어내기 가장 좋은 기회죠. 누님의 일에 방해가 되지는 않을 겁니다. 아니, 오히려 어떻게든 누님과의 작전을 성공시키겠습니다. 종단 놈들에게 한 방먹이는 건 제 오랜 숙원이었으니까요.

차원전환 큉들은 소유욕에 미쳐버려서 갖고 싶은 물건은 남이 손도 대지 못하도록 자신만의 2차원 평면 공간 안에 가둘 정도로 지독한 또라이들뿐이라고요? 틀린 말은 아닌 것 같습니다. 다른 차원전환 큉들을 많이 아는 것은 아니지만 일단 저 자신은 소유욕에 미쳐버린 사람이 맞습니다. 하지만 제가 갖고 싶은 것은 다 사라졌습니다. 지키고 싶은 것도 없습니다. 그런 것들은 모두 제 과거에만 남아 있습니다. 이 정도면 납득이 되는 설명입니까?"

* * *

내 장황한 이야기가 끝나자 일번은 골똘히 고민하는 표정을 지었어. 그러고는 조용히 바텐더를 불렀지. 나는 이 가게에 그런 점원이 있었는지조차 몰랐는데, 어디선가 튀어나오더군. 바텐더는 내 얼굴을 보고는 흠칫 놀라기는 했지만 이 방 안의 상황에 대해서는 이미 다 알고 있는 눈치였어.

"어때. 구라야?"

"그런 기미는 보이지 않았습니다."

"확실해?"

"가끔 긴장한 기색이 있기는 했습니다. 하지만 눈앞에 총을 든 사람이 있는 상황에서 있을 정도의 반응이었습니다."

"알았어. 고마워."

일번은 멀리 놓여 있는 수건을 공기와 치환해서 가져온 뒤 내 얼굴에 던졌어. 총을 내려놓았고. 아마 다 끝이 났다는 신호겠지. 바텐더도 말없이 자리에서 물러났어. 나는 그제야 안심이 되어서 일번이 던진 수건을 복면 삼아 얼굴에 둘둘 말았어.

"저 친구는 개미가 재채기하는 것도 느낄 정도로 예민한 친구거든. 그리고 저 친구가 들을 수 있는 건 개미 재채기만이 아니라 네 심장 박동도 있어. 살아 있는 거짓말탐지기라고나 할까? 어떤 의미로는 기억 읽기보다도 효과적이지. 기억 읽기는 너무나 경계받는 기술이라 온갖 카운터가 쏟아지고 있어서 나는 못 믿겠더라고."

"그래서…… 이 자리에?"

"응."

나는 진짜 입사 시험을 마쳤다는 안도감에 그만 쓰러질 것만 같았지. 일번은 방금 전까지의 그 살기등등한 기세는 완전히 지운 채 평소의 그 잘생기기는 했지만 어딘가 심드렁한 구석이 남아 있는 표정으로 돌아왔고. 살해 협박이고 뭐고 과연 진짜로 있었던 일인지 당사자인 내가 의심이 들 정도로 아무렇지도 않게 이것저것 짐을 챙기고는 자리에서 일어나더라.

"네가 처음 시험을 통과했을 때 의심이 들었어. 그렇게나 집착이 강하다는 차원전환 퀑이 어떻게든 시험에 통과하려고 난리를 친다면, 분명 돈 이상으로 바라는 무언가가 있을 거라는 의심이 말이야. 만약 네가 팔찌를 못 빼앗고 포기했다면 오

히려 이런 구차한 재시험 따위 없었겠지. 어차피 네 능력은 필
요했으니까 작전을 좀 고치는 정도로 타협을 봤을 거야."

"제가 제 무덤을 팠군요."

"미안했다. 하기 싫은 이야기였을 텐데 하느라 고생했고.
술값은 이미 계산했으니까 마시고 싶은 만큼 마시고 나와라."

9

"가면 멋있네."

"고마워, 형. 새로 산 건데 용케 알아본다."

별별 칭찬은 다 들어봤지만 가면 멋있다는 칭찬은 잘 못 들었는데. 나는 새 가면을 톡톡 건드렸어. 저번 디자인과는 달리 새하얗고 위엄이 담긴 그런 가면이었지. 전날 일번이 새로 하나 만들어다 준 물건이었어. 테스트를 위해서였다고는 해도 예전 가면을 부숴먹은 게 미안했나 보더라고.

내 눈앞의 험상궂게 생긴 아저씨는 험상궂은 표정으로 험상궂지 않게 말을 했어. 감옥에 갇혀서 지내는 형이니 어디 피부 관리를 하겠어, 웃음이 나오겠어? 그래도 상황이 상황인지라 말투만은 곱더라고. 그래. 이곳은 행성 아카의 감옥 안 면회소였어.

형과 나는 계속해서 이런저런 한담을 나눴어. 형도 감옥에 갇힌 뒤 이렇게 자기를 위해 면회를 온 사람이 나 빼고 거의 없었으니까 기분이 나쁘진 않은 모양이었고. 형은 모범수여서 수갑을 차고 간수들의 감시를 받기는 했지만 나름 탁 트인 테이블 위에서 서로 얼굴을 마주하고 대화를 나눌 수 있었지.

"어머니는 어떻게 지내시냐?"

"여전하시지. 강아지들 보시느라 바빠."

"잘 챙겨라. 내가 어머니한테 지은 죄가 크다. 젠장, 나 이렇게 박혀 있는 동안 어디 아프시지는 않을까 모르겠다."

"건강하시던데? 그러니까 이렇게 직접 먹을거리도 챙겨주셨지."

일종의 서프라이즈라고나 할까. 나는 형한테 커다란 봉투 하나를 올려 보였지. 어머니가 준비한 사식이었어. 정말로 오븐에 잘 구워진 라자냐였다고. 간수들이 확인하느라 조금 포장이 흐트러지긴 했지만 그래도 겉보기가 중요한가? 맛이 중요하지.

형도 감격한 얼굴로 포크를 들어 라자냐를 허겁지겁 먹어 치웠어. 감방 생활을 몇 년씩 하는데 이곳 식사가 오죽했겠어? 가뜩이나 8우주에서도 특히 외진 곳에 세워진 감옥이라

물자 공급도 원활하지 않을 거라.

어찌나 맛있게 먹어치우던지 보는 나조차도 식욕이 당기더라고. 그 큰 라자냐 한 판이 10분도 되지 않아서 깔끔히 비워졌으니까 말이야. 감옥 면회실 안 간수의 감시하에서 이뤄진 식사였지만 이런 특식이 어디 또 있겠냐고. 형은 식사를 마친 뒤 긴 트림을 하고는 나를 바라보았어.

"야, 됐냐?"

"응. 이제 해."

"이 개, 씨팔, 새끼가!"

형은 갑자기 라자냐를 먹어치우던 포크를 역수(逆手)로 꽉 쥐고서는 테이블 위로 뛰어올랐어. 어찌나 몸놀림이 재빠른지 놀라서 그만 뒤로 나뒹굴 뻔했다니까. 형은 뛰어오른 기세 그대로 자리에 앉아 있는 나를 향해 온몸의 무게를 실어 포크를 내리찍었어. 포크는 아주 간단하게 내 배를 파고들어 피를 흩뿌렸지.

"아아악! 사, 사람 살려!"

"죽어, 죽어, 죽어!"

"이곳은 면회실! 죄수가 난동을 부리고 있다! 이곳은 면회실! 3번 발생!"

형은 계속해서 포크로 내 배를 찍으려고 했지만 주변의 간수들의 제지에 그만 사지가 묶여서 몸부림치는 것이 고작이었어. 안간힘을 다해 간수들을 뿌리치려고 해도 어떻게든 내 곁에서 떨어지지 않는 정도가 전부였지. 나는 피가 번져나오는 와중에도 배를 쥐어 내장들이 쏟아지지 않게 하느라 그 자리를 벗어나지 못하는 모습이었고.

'어머니, 부탁한다.'

'알아, 형. 알아.'

형은 겨우 내 귓가에 짧게 속삭였지. 나는 맹한 눈을 연기하면서도 고개를 살짝 끄덕여 형을 안심시켰어.

"의사를 불러!"

"사, 사, 사, 사, 살려주세요……."

"괜찮으십니까? 의무실로 옮기겠습니다."

* * *

"으디 프자고 읏았네?"

"이모님. 퍼자기는요. 그냥 이모님 기다리면서 누워 있었어요."

"으사는?"

"퍼자고 있죠."

"으구야."

아이구 구수한 목소리라. 나는 감옥의 의무실 안에서 안경과 가발을 쓰고 청소부로 변장해 진작부터 행성 아카에 잠입했던 삼번을 환대했지. 감옥에 있는 의무실이라 그렇게 넓지도 않고 응급처치만 가능한 정도의 설비뿐이었지만 그래도 간수들의 감시를 피할 수 있다는 것만으로도 훨씬 편했어. CCTV도 한참 전에 삼번이 해킹을 했었고 말이야.

말해봤자 입 아픈 이야기지만 면회와 특식 그리고 유혈 소동은 전부 다 별다른 감시를 받지 않고 이 의무실 안에 들어오기 위해 짜고 치는 연극이었어. 피나 내장 같은 건 영화용 소품을 내 능력으로 2차원 평면 공간에 가둬서 배에 칠갑해놓았던 것들이고. 형은 이전까지 단 한 번도 본 적이 없는 아무 관계 없는 아저씨였는데, 그래도 뭐 나보다 나이가 많으니 형이 맞기는 맞지.

형은 어르신 산하 조직에서 윗선을 배신하고 도망자 신세가 되었다가 감옥에 갇히는 것으로 목숨을 부지하던 친구였지. 어르신이 손을 보기에는 너무 말단이어서 별다른 보복도 받지 않은 피라미였지만 이렇게 써먹을 수 있을 때는 써먹어야지.

일번은 어르신의 인맥을 통해 행성 아카의 감옥에서 내부

정보를 알려줄 사람을 찾았고 그게 바로 방금 나를 포크로 찍는 척했던 형이었던 거야. 우리의 작전에 따르도록 형의 어머니와 사진을 한번 같이 찍기는 했지만 그 외에는 아무 일도 하지 않았어. 정말이야. 이 바닥은 괜히 원망을 사봤자 득 보기 어려운 곳이니까. 그냥 라자냐 한 판 받아오는 게 전부였다고.

"이모님. 물건은 어디 있는지 아시죠?"

"으야. 으거부터 쓰라."

삼번은 변장용으로 쓰고 있던 안경을 벗어서 나에게 넘겼어. 그 안경은 보기와는 달리 무게가 제법 나갔지. 그리고 특별히 무거운 이유가 있었어.

'오번. 잘하고 있냐?'

'일번 누님. 다 되었습니다. 안경 받았어요.'

'오냐. 이제 넘긴다.'

머릿속에 울려 퍼지는 일번의 목소리. 삼번이 들어오고 의무실의 통신장치를 켜자 이번의 중계가 다시 시작되었어.

내 손 위에 놓여 있던 안경은 곧 검은색의 선글라스로 치환되었어. 맞아. 일번의 질량등가치환이었어. 그때 일번과 이번 그리고 사번은 우주선에 앉아 대기권 위에서 우리에게 브리핑을 하고 있었지.

감옥 안의 다른 공간은 다 전파가 차단되었지만 이 의무실은 응급 상황이 왔을 때 외부와 연락을 하기 위해 차단을 해제할 수 있거든. 그래서 이렇게 외부에서 큉 능력을 써서 물건을 주고받을 수 있었던 거지. 컴퓨터 전공자가 아닌 삼번이 CCTV를 해킹할 수 있었던 것도 일번이 필요한 장치들을 원격으로 보내준 덕분이었어.

'선글라스 썼냐?'

'썼어요.'

'그럼 이제 능력도 써봐.'

'진짜 되는 거 맞죠?'

'닥치고 빨리 써.'

'쓰게 흐라, 쓰게.'

일번과 삼번이 자꾸 닦달하는 와중에 나는 조심스레 힘을 집중해서 삼번의 어깨에 손을 올렸어. 그러고는 삼번을 2차원 평면 공간에 가둬서 커다란 포스터처럼 만들었지. 정말이지 놀랍게도, 감옥 안의 게오르그 필터가 내 파장을 전혀 감지하지 못하고 어떠한 경보 알람도 울리지 않았어.

'세상에, 진짜네요……'

'그 선글라스 좋지? 구룡도에서 시제품으로 만들었던 걸 가져온 거야. 네 게오르그 파장을 무의식 차원에서부터 감지해서 교란 신호를 보내 중화시키는 물건이지.'

'이모님은 이제 2차원 평면 공간으로 모셨어요. 그럼 이제 어떻게 하면 되죠?'

'몇 번이고 확인을 하냐? 디코이로 만든 이모의 시체 인형을 꺼내놓고 나와. CCTV는 이모가 무력화했으니까 너는 이번이 텔레파시로 보내주는 내비를 따라서 수감실로 숨어들 차례야.'

첫 번째 과제. 무간도 가이아에 들어갈 수 있는 종단 내부의 인물과 접선할 것. 그 미션이 이렇게 진행된 것이었지.

10

의무실에 설치한 시한폭탄이 터지기 전까지 10분가량. 잠
재운 의사는 안전한 곳에 던져놓았고 삼번과 나를 본뜬 가짜
시체는 폭탄에 불태워버려서 추적에 혼선을 줄 예정이었어.
어차피 8우주는 넓고 우리가 갈 무간도 가이아나 행성 칼바
리오는 행성 아카로부터 멀찍이 떨어져 있으니 한번 도망치
는 데 성공하면 다신 잡힐 일이 없었지.

나는 감옥 안을 활보했어. 자동화된 사회는 이게 좋아. 내
부자와 기술자 둘만 있어도 감시 체계가 완전히 무력화되니
까. 인건비를 줄이려는 노력의 부산물이지. 그뿐이겠어? 감옥
이 털렸다는 것에 분노한 시민 단체의 압박으로 수사는 이루
어지겠지만 어르신이 뿌린 뇌물을 욤놈놈 먹은 수사기관들이

어르신에게 밉보여 언제라도 제물로 바쳐질 범죄자들에게 우리가 지은 죄를 뒤집어씌워서 서로가 윈윈하는 결말로 이어질 테니, 결국 이 모든 부당함은 자본에 의해 이루어지고 또 해결된다는 것이지.

행성 아카의 감옥은 무척이나 깔끔하더군. 재소자들의 잉여 노동력이 과잉 청소로 이어졌기 때문일 거야. 설비들이 상상 이상으로 노후화가 되었다는 것은 두 눈만 뜨면 바로 확인할 수 있었지만 이 100년 묵은 장치들이 가까스로 움직이는 데에는 재소자들이 피땀으로 관리한 덕분임도 짐작할 수 있었어.

미로처럼 꼬인 곳도 있었지만 삼번이 내부자로서 대부분의 루트를 다 알려줬고 이번의 내비로 어렵지 않게 길을 찾았지. 그리고 내가 가야 할 곳은 그렇게나 엄중한 감시를 필요로 하는 곳도 아니었거든. 의무실을 빠져나오고 얼마 지나지 않아 나는 목표로 했던 층에 간단히 도착할 수 있었어.

"거기, 누구냐?!"

예상대로 간수 둘이 경비를 서고 있었고 말이야. 나는 굳이 질문에 대답할 것도 없이 손바닥으로 바닥을 쳐서 주변의 공간을 종이처럼 납작하게 바꾸어 가두었지. 감옥 안의 감옥이라. 나름 시적인 것 같기도 한데.

어쨌든 이런 촌구석 행성에 대충 지어진 감옥이야. 간수들이 쿙인 것도 아니고 전사체로 방어를 하는 것도 아니니 잠입할 때 물리적인 위협은 없었다고 봐도 되지. 만약 중화기와 화학병기마저 사용하게 되면, 또 전차와 전투기가 등장하면 그때는 나도 좀 어려울 테지만 전면전을 크게 벌일 정도로 멍청한 사람도 아니잖아, 내가.

그 층의 재소자들이 웅성거렸지만 별로 걱정할 것도 없었어. 이 층의 통신도 장악했으니까. 나는 간수들을 고이 접어다가 계단 옆에 던져놓고는 독거실 위의 팻말을 바라보며 어떤 한 인물이 갇힌 방을 찾았어. 그렇게 오래 걸리지도 않았지.

'누님, 도착했습니다.'

'1608호?'

'옙.'

범털 중의 범털만 모신다는 16층 독거실. 흉악범이 아니라 고위층 혹은 사상범 계통의 범털들이 모이는 곳이기에 경비가 그렇게까지 삼엄하지 않았어. 그리고 그 안에는 우리가 찾던, 무간도 가이아의 프리패스가 되어줄 범죄자 한 명이 갇혀 있었고. 나는 1608호의 문을 약하게 콩콩 두드렸어.

"누구십니까."

"사제님. 사제님을 무간도 가이아로 모시기로 한 사람입니다."

"반갑습니다, 형제님. 문을 열어주십시오."

맞아. 우리가 8우주의 변방 행성 아카의 감옥에 숨어들어 가면서까지 데려오고자 했던 인물. 태모신교와 무간도 가이아에서 쫓는 배교자 리스트 중 1순위. 종단에서 있었던 범죄의 내부고발과 함께 평의회의 보호 아래 잠적했던 신의 참칭자. 한때 종단의 충견이라고 불리었던 호르헤 사제. 1608호 안에 갇혀 있던 수감자는 바로 그 남자였어.

* * *

"사제님, 이제 곧 제 동업자들이 사제님을 모시러 올 것입니다. 혹시 이 방에서 사제님이 더 챙기셔야 할 물건이나 제가 유의해야 할 사항은 없습니까?"

"없습니다. 물건은 전부 감옥에서 배급된 것들이니 제가 가져가선 안 될 터이고, 별다른 부상을 입었거나 질병도 앓고 있지 않습니다."

아무리 범털들을 위한 독거실이라고 해도 감옥은 감옥. 1608호는 아주 작은 공간에 변기와 침대, 책상을 욱여넣은 조그마한 독실이었어. 그리고 호르헤 사제는 역시나 사제가 되기 위해 거쳐야 했던 여러 수련 과정을 통해 얻은 튼튼한 몸을 잃고 왜소하게 쪼그라든 것만 같더군.

나는 그가 양팔에 차고 있는 퀑 수갑을 내 능력으로 숨겨놓았던 열쇠로 풀면서 살짝 그의 팔목을 잡아봤어. 사람을 산 채로 찢어버리고 쇠파이프로 매듭을 묶었다던 그 두꺼운 팔은 이젠 옛말이 되었더군.

호르헤 사제의 자료는 예전에 받은 게 있었지. 그때 봤던 화상 속에서는 종단의 충견이라는 별칭이 어색하지 않게 육중하면서도 날렵한 사냥개처럼 엄숙한 인상이었는데 말이야. 내가 두 눈으로 직접 보게 된 호르헤 사제는 비루먹고 병든 개에 가까웠어.

머리가 세었는지 옅은 회색의 반삭, 퀑한 눈동자와 광대가 도드라질 정도로 마른 얼굴. 그나마 타고난 강골은 남아 있었지만 그 위를 튼튼히 덮고 있었어야 할 근육의 갑옷은 완전히 무장해제 되어 이전의 자취를 찾아볼 수 없었지.

정말로 내 눈앞의 남자가 종단의 공적(公敵)이라 여겨지던, 현상수배자들의 먹잇감 1순위던 그 남자가 맞는지 의심이 들지 않을 수가 없더라. 그래서 그만.

"흡! 윽?"

호르헤 사제의 명치로 주먹을 한번 날려봤고, 기대 이상의 충격이 내 명치에 바로 꽂히는 것을 느낄 수 있었지.

"형제님, 괜찮으십니까?"

"흐으읍…… 엡, 괜찮……습니다……. 본인 확인을 위해, 결례를 저질렀습니다. 죄송합니다."

"아닙니다. 크게 다치지 않으셨길 빕니다."

위협적인 물리력에 대한 무의식 차원에서의 반사. 과연, 외견은 몰라도 능력만큼은 내가 본 자료와 들은 전설의 내용과 크게 다르지 않더라고. 혹시나 약하게 휘두르면 능력이 발현되지 않을까 싶어서 전력을 다해 주먹을 휘둘렀더니 아주 죽는 줄 알았지.

유명한 일이니 다들 알고 있을 이야기지만 호르헤 사제는 아마 무간도 가이아에서 가장 거완형을 치르고 싶은 배교자였을 거야. 어르신은 행성 아카의 감옥에 호르헤 사제가 신분이 알려지지 않은 채, 그저 강한 쿼이고 범죄자라는 정도의 이유로 독방에 갇혀 있다는 정보를 갖고 있었어.

어르신과 호르헤 사제는 어떤 의미로 이해관계가 일치했지. 어르신은 무간도 가이아에 들어갈 수 있도록 싸울아비로 바칠 거물의 산제물이 필요했고 호르헤 사제는 거완형을 받고 종단의 처우를 따르는 것으로 자신의 정당성을 증명하고 싶어 했고. 둘 모두 공통의 목적을 가진 셈이었지.

일번은 어쩌면 어르신은 언젠가 무간도 가이아에 들어갈 상황을 생각해서 호르헤 사제의 신병을 확보한 뒤 포석을 마련한 것이 아니겠냐고 짐작했어. 무간도 가이아에 들어가기 위해 종단의 일원으로 위장하기는 해야겠지만 호르헤 사제 정도쯤 되면 대부분의 수속 절차는 간단히 뛰어넘을 수 있는 프리패스에 가까웠으니 말이야.

'오번, 너 도대체 무슨 생쑈냐?'

'확인 좀 했습니다. 호르헤 사제 맞네요.'

'그럼 당연하지. 잠깐만 거기서 대기하고 있어. 이제 곧 사번을 보낼 테니까 재빨리 돌아와. 사번, 좌표 찍어준 거 보이지? 가서 재네 데려와라.'

'알겠습니다.'

'응!'

'잠깐…… 잠깐? 야! 야! 안 돼! 이 미친 새끼가!'

'누님? 일번 누님? 무슨 일이십니까?'

'오번! 사제님 챙겨라!'

그 순간, 이번의 신호가 꼬이더군. 제대로 언어화된 텔레파시가 아니라 당황 아니면 황당 혹은 둘 모두의 감정만이 전달되었어. 도대체 무슨 일인지 영문을 알 수가 없어 나는 우선 호르헤 사제 앞에 서서 어떤 일이 벌어져도 바로 대응할 채비

를 갖췄어. 아예 호르헤 사제를 내 능력으로 가둬버릴까도 고
민했지만 이 아저씨의 능력이 반사다 보니 맘 놓고 그러기도
어렵겠더라고. 내 능력으로 날 가두면 누가 날 꺼내겠어.

　도대체 상공에 있을 다른 동업자들이 어떤 상황인지 제대
로 된 가설을 하나도 떠올리지 못하는 사이, 언제나 그렇듯 현
실이 각오보다 빨랐지.

　쾅.

　쾅쾅.

　쾅쾅쾅쾅!

　지붕이 무너지고 그 틈새 사이로 우리가 행성 아카까지 타
고 온 우주선이 보였어. 그냥 냅다 들이박은 거였지. 왜냐고?
글쎄, 아직도 나는 잘 모르겠다. 하지만 아무리 마약중독에 맛
이 간 또라이라도 행성의 주요 보안 시설 중 하나인 감옥에
우주선으로 들이박는 미친 짓을 할 수 있을까?

　"야! 이 새끼야 형 왔다! 빨리 타!"

　"미친 새끼야, 타기는 뭘 타! 너 또 나 모르게 약 했지?!"

　아니, 나도 진짜 모르겠다니까. 지금 수백 명의 간수들이
중무장을 하고 있는 곳에 우주선 하나 달랑 몰고 와서는 들이
박다가 그 안에 갇힌 죄수를 빼내려고 하는 그런 시도를, 아
무리 약을 했다고 해도 할 수 있는 거냐고.

근데 어쩌겠어. 우주선의 문이 열리자 눈은 까뒤힌 채 입과 코에서는 형광빛의 체액이 뚝뚝 떨어지는데 온몸으로는 발광을 하는 운전수 사번과 그 사번의 멱살을 잡고 짤짤 흔드는 일번의 모습이 보이기는 했지만, 그런 믿기지 않는 상황을 믿을 수 있겠냐고.

11

"어쩌려고 이래요!"

"나도 몰라! 약쟁이가 하는 짓거리를 내가 어떻게 알겠어!
일단 타기나 해!"

"……올라가면 됩니까?"

"저도 자신은 없습니다만, 일단 올라가시죠, 사제님…….'

"여유 있게 해, 여유 있게……. 나 아직 시동 좀 걸리려면 약
기운이 더 올라와야 하니까…….'

"아니거든?!"

아수라장이었다. 진짜 아수라장이었다. 사번의 눈동자는
똥통에 꼬인 파리처럼 빙글빙글 돌고 있었고 입을 쩝쩝 다시
는 바람에 형광빛의 침이 여기저기 튀고 있었는데 이 미친 약

쟁이가 우리의 생명줄을 쥐고 있는 유일한 인물이었다니까.

나는 사제님을 보채서 어떻게든 우주선 안으로 들어갔어. 다행히 감옥 건물을 정면으로 들이박은 것치고는 큰 손상은 없어 보였어. 이것도 사번의 재주라면 재주였다고나 해야 할지. 먼지는 자욱하고 파편이 날리고 도대체 이 상황을 어떻게 빠져나가야 하나 정말 답도 없더군. 삼번이 잠입해 설치한 기기 덕분에 우리 은신은 전자적으로는 완벽했어. 하지만 이렇게 물리적으로 대형 사고를 쳐놓았으니 잠입이고 자시고 아예 광고를 했다고, 광고를.

우주선 안에 들어가니 사번은 운전대를 잡은 채 모든 구멍에서 다양한 액체와 유동체를 뿜으면서 아주 고약한 냄새를 풍기고 있었지. 나도 삼번처럼 차라리 2차원 평면 공간에 갇혀서 이 모든 것을 보지 못했다면 좋았으련만.

"사번, 비켜요! 제가 운전할게요!"

"안 돼!"

"일번 누님? 왜 말리세요! 아니, 왜 이제까지 말리지 않으셨는데요!"

"윗 번호에 토 달지 마. 내가 사번한테 운전대를 맡겼으면 맡긴 거야."

"하지만요!"

"하지만은 무슨 하지만이야! 너라면 감옥 행성의 경비대로 부터 도망칠 수 있도록 우주선을 운전할 수 있어?!"

"그럼, 사번은 할 수 있답니까?"

일번과 나는 큰 목소리로 악다구니를 질렀어. 호르헤 사제와 이번은 성격이 성격이라서인지 아무 말도 없이 지켜보고만 있었고. 사번은 운전석 옆에다 구토를 했지. 그리고 누군가의 목구멍으로부터 걸쭉한 액체가 쏟아지는 소리가 우주선 안에 울려 퍼지는 사이, 일번은 머뭇거리다가 다시 입을 열었어.

"……적 있어."

"네?"

"……한 적이 있다고!"

"뭘요?"

"사번 저 새끼, 도주할 땐 언제나 약에 취해서 온갖 사고를 친다고. 행성 핀란에서도, 행성 스마크에서도, 행성 운트다운에서도! 이 약쟁이 새끼가 뇌를 마약에 절인 상태로 대륙 단위 경비대로부터 도망치려고 했던 적은 이번이 처음이 아니고, 너나 나나 살아서 행성 아카 바깥 땅을 밟으려면 이번이 마지막도 아니길 빌어야 한다는 말이다, 이 멍청아!"

"그래! 이 멍청아!"

"넌 좀 닥쳐, 사번!"

그 순간, 경보음과 함께 스크린 대여섯 개가 한 번에 켜졌어. 모두 삼번이 미리 설치해두었던 감시 카메라에 잡힌 영상이었지. 당연한, 너무나도 당연한 이야기지만 그 스크린에는 모두 완전 무장한 간수들이 우리가 있는 곳으로 달려오는 영상이 송출되고 있었고.

우리는 한마음이 되어서 운전석에 앉은 사번을 바라보았지. 그때 사번은 운전대도 잡고 있지 않았어. 척척척, 간수들의 발소리가 들리는 것 같은 그 와중이었는데도 말이야.

"사번!"

"쉿……."

사번은 손가락을 입에 갖다 대고는 소리를 낮추라는 신호를 보냈어. 만약 우리가 일반적인 잠입을 한 상황이었다면 그 신호가 의미가 있었을 텐데, 건물을 우주선으로 들이박은 이 마당에야 딱히 무슨 의미가 있나 싶었지.

사번은 영문을 몰라 어리둥절한 우리를 내버려두고는 천천히 개인 스크린 여섯 개를 자신을 둘러싸도록 띄운 뒤에 몇 가지 조작을 더했어. 우주선의 상하 좌우 전후 합해서 여섯 개. 전 방위가 확인이 가능해졌지. 그다음으로는 둠. 둠. 둠. 둠. 어딘가 익숙하면서도 엇박자가 느껴지는 비트가 우주선 안을 가득 메웠어.

"이건……."

"또 시작이군……."

"ZYP……."

공기 반 소리 반의 울림. 나는 그 비트를 알고 있었어. 그 멜로디를 알고 있었지. 리믹스 버전이기는 했지만 8우주에서 살고 있는 누구라도 이 노래를 모를 수는 없었으니까.

감시 카메라에 잡힌 간수들은 정말 그때 우리가 탄 우주선의 코앞까지 다가온 상황이었어. 수십 개의 총구가 우리를 향해 겨눴고 발사 직전까지 잠깐이나마 경계하는 모습을 보이더군.

─난 널 원해. 난 널 원해.

리믹스 버전이었다고 했잖아.

─간절히 간절히.

"일번 누님……?"

"닥치고 들어……."

─제! 발! 단 하루만이라도!

"제! 발! 단 하루만이라도!"

탕! 탕! 탕! 탕! 탕! 이때 울린 소리가 드럼 소리였는지 총성이었는지 구분이 잘 가지 않아. 원곡이었다면 드럼 소리가 확실한데 무척이나 믹싱이 많이 가해진 버전이었기 때문에 제대로 구분이 되지 않더라고. 우주선도 조금씩 흔들리는 진동이 느껴졌는데 이게 바깥에서 쏜 총알 때문인지 우퍼의 울림이 강렬해서였는지 그것도 구분은 잘 가지 않아.

사번은 이제 약기운이 조금 오른 상황에 진정이 되었는지 성냥 하나를 긁고는 담배에 불을 붙였어. 글쎄. 이게 담배가 맞는지는 잘 모르겠군. 아무튼 사번의 언제나 풀려 있던 눈동자에 힘이 돌아왔으니까 뭐가 들었긴 들어 있었을 거야.

"세상 몰래 널 사랑할……."

—세상 몰래 널 사랑할…….

"거야!"

—거야!

8우주 대표 아이돌 Z용의 신곡 리믹스 버전에 맞춰 우리가 탄 우주선의 액셀이 밟히고, 엔진의 고동이 드럼 비트와 함께 요동치기 시작했어. 사번은 아예 어깨를 들썩이면서 리듬에 몸을 맡기고는 몸과 우주선을 흔들었지.

"따라 불러! 안 그러면 브레이크 밟는다!"

—나의 지구 완전체 더 펄픽 펄픽!

"더 펄픽 펄픽!"

"더 펄픽 펄픽!"

"으하하하하! 펄픽펄픽펄픽펄픽!"

간수들의 총구에서 직선의 광선이 쏘아졌지만 사번이 모는 우주선은 미꾸라지가 그물에서 빠져나가듯이 그 화망(火網)을 자연스럽게 피해 하늘로 날아올랐어. 그래, 우주선이라기보다는 물고기의 움직임에 가까웠지. 직선이 아니라 요동치는 곡선과 나선이 뒤엉킨 불가해의 움직임. 정말이지 말 그대로 도대체 무슨 약을 했길래 이렇게 움직일 수 있는 건지 따져 묻고 싶을 정도였어.

"누님, 사번이 도대체 무슨 약을 했길래 이렇게 움직이는 겁니까?!"

"사번은 순간이동 퀑답게 공간감이 좋아. 포화 각도에 대한 예측도 자유자재지. 게다가 약까지 빨았을 때는 민감도가 더 올라가서 공간에 대한 인지능력만큼은 하이퍼 퀑에 준하게 된다……."

"안 따라 부르냐?! 브레이끼 밟는다, 브레이끼!"

"아, 좀 일단 가! 젠장. 사제님도 너무 걱정하지 마십쇼. 저 새끼가 약발이 들었으니까 도주에는 별문제가 없을 겁니다. 그러니까 오번 너도 좀 진정해. 내가 괜히 내 뒤통수 몇 번이고 친 놈한테 운전대를 믿고 맡겼으면 믿고 맡길 만하니까 그런 거야."

"순간이동 퀑들을 구하기가 어려워서는 아니었습니까? 개

들은 그 능력 때문에 평의회 감시가 더 심해서 조직 생활 하기 어렵잖습니까."

"이 타이밍에 굳이 사실을 말할 필요는 없지 않냐?"

도박이든 마약이든 중독된 놈들은 언제나 자기파괴적이야. 위험한 상황에 뇌가 반응하는 것이 루틴이 되어서 계속해서 그 상황이 되길 유도하거든. 사번도 마찬가지였어. 뇌가 망가진 놈답게 계속해서 위험한 상황에 몰려야만 온전히 제 실력을 발휘할 수 있는, 아주 곱잖게 미친놈이었다는 거지.

쾅, 쾅, 쾅. 이제는 이게 우퍼에서 나오는 소리가 아니라는 정도는 알겠더군. 감옥 바깥의 외벽에 설치된 대공포의 포성이었어. 하지만 사번은 팀파니의 울림 속에서 발레리나가 춤추는 것처럼 우아하게 탄환의 궤도 사이를 가로질렀지. 그리고 우주선에 올라탄 나머지 사람들은 발레리나가 아니었으니까 그 움직임에 적응을 하지 못하고 이내 구토를 하고 말았고.

"오른다! 올라! 올라온다고!"

"뭐가!"

"체키라!"

"체키라?"

"체키라!"

사번은 아예 자리에서 일어나고는 뒤를 바라본 채, 우주선의 후위에 따라붙은 전투기의 포격을 응시하며 왼발로 운전대를 밟고 오른발로 의자를 밟은 채 무대를 이어나갔어.

"요! 나는 사번, 운전이 십팔번, 어제 만난 예쁜이랑 썸할 뻔, 매일마다 여자를 갈아치우는 나는 씨팔 놈! 내 인생의 운전대를 잡아, 니 인생은 응좆돼를 알아! 왼발로는 브레이크? 오른발로는 액셀! 왼손에는 브라자 후크? 오른손에는 러브젤! 사번의 사지는 사타구니의 사자, 사 사 사 짜로 끝나는 말은 변호사 감리사 병아리 감별사 오빠 지금 발싸!"

약은 정말로 하면 안 됩니다. 인간의 삶을 망칩니다. 인류 문명에 해롭습니다. 세상에나, 마약을 빨아서 예술적인 경지를 추구하거나 했던 사람들의 노력은 다 말짱 헛거였던 거 아니야? 그냥 약 하려고 아무렇게나 둘러댄 핑계였던 거 아니야? Z용의 노래에서 전주가 울리는 동안 사번은 프리스타일 랩이라고 해야 할지 미친 주정이라고 해야 할지 영문 모를 짓을 하면서 후미의 전투기를 완전히 따돌려버렸어.

"소리 질러어어! 더 펄픽펄픽펄픽펄픽!"

"이예…… 더 펄픽펄픽펄픽……."

12

"난 널 원해!"

"네, 네, 알고 있습니다, 누님."

"간! 절! 히!"

"그렇습죠, 누님."

어두컴컴한 새벽, 네온사인만이 지표가 되어준 그 밤거리에서 나는 내 등에 업힌 일번을 그냥 2차원 평면 공간 안에 가두어버릴까 진지하게 고민했지. 그 주정뱅이를 고이 종이처럼 접어서 들고 다니면 비록 이번 작전에서 제외되고 어르신의 조직에게 쫓기게 될지도 모르지만 어쨌든 이 술주정은 듣지 않을 수 있었을 거 아니냐, 진짜 심각하게 고민되더라.

행성 아카에서의 대탈주극이 끝난 날 밤이었어. 그래. 정말

대탈주극이라는 표현이 딱 들어맞는 날이었지. 조용하고 조심스럽게 진행됐어야 할 호르헤 사제 탈옥 작전이 사번의 미친 짓 때문에 우주선들에 의한 광란의 댄스파티가 되어버렸으니 말이야.

대기권까지 날아오른 뒤 우리의 추격전은 간단히 끝났어. 사번의 장점은 운전 솜씨만이 아니었거든. 그 미친 작자는 우주선 규모의 질량을 대기권 돌파까지 가능한 속도를 유지한 채로 순간이동을 시킬 수 있는 꽤나 상위급의 능력자였던 거야.

일번의 설명에 따르면 우주공간에서 우주선째로 진행하는 순간이동은 위험성이 높다고 하더군. 아무래도 어떤 곳에 어떤 일이 일어나고 있을지 모르니까. 하지만 이번이 작전을 실행하기 전에 우리의 도주 루트마다 중개지 역할을 할 소형 컨테이너를 속이 빈 채로 설치해서 위험 요소도 최대한 배제했다고 해.

"세상 몰래! 널! 흐어! 사랑흐얼! 그야!"

"응원합니다, 누님. 그러니까 등에 업힌 채로 안무는 좀."

하지만 어쨌든 미친 짓은 미친 짓이었지. 사번이 운전할 때 일어날 위험 요소를 배제했다손 쳐도 사번이라는 위험 요소는 배제하지 못했으니까. 결국 우리들은 죽음의 항해 끝에 겨우 행성 칼바리오로 돌아오고 난 뒤 약간 이성을 상실해서, 이

성을 상실한 사람들답게 알코올로 뇌가 겪은 공포를 마취시켜야만 했어.

물론 그 마취 대상에서 이번은 제외였지. 자이카족인 이번은 수정으로 된 육체를 가진 종족답게 알코올에 의해 신체 기능이 저하되거나 하지 않았고 2차원 평면 공간 안에 갇혀 있던 삼번은 그 지옥과도 같은 순간을 목격하지 못했고 약쟁이인 사번은 알코올 정도로는 취하지 않았으며 막내이자 남은 잡일을 도맡아 해야 했던 나, 오번은 알코올 금지였던 데다 호르헤 사제는 별일 없었다는 듯 우리가 마련한 숙소에 들어가서 씻고 잤으니까. 소거법으로 봤을 때 결국 그날 알코올에 뇌를 절여야 했던 사람은 일번뿐이었던 거야.

"넌 나의 지구 완전체…… 더 펄픽 펄픽……."

"네, 펄픽 펄픽 펄픽."

"약주를 많이 하셨나 봐요."

"그렇죠. 아무래도 오늘 보통 욕을 본 것이 아니다 보니까…… 수녀님?"

"오랜만이네요. 전에 고아원까지 오셨던 분 맞으시지요?"

일전에 일번과 함께 들렀던 고아원의 그 수녀였어. 귀도 좋더라. 맹인 안내용 드론의 보호를 받아가며 길을 걷는 중에 술취한 일번의 노랫소리만 듣고도 우리가 누구인지 알아냈으니

113

까. 수녀는 제법 늦은 시간인데도 집 근처에서 일번을 기다리고 있었던 것 같아.

그때 나는 범죄 모의를 들킨 것처럼 심장이 두근거렸어. 상황이 그런 상황은 아니었지만 어떻게 받아들여질지는 모르는 상황이었잖아. 상사가 연모하는 상대를 술 취한 상사를 등에 업은 채로 만나다니. 애초에 일번이랑은 그럴 일이 없었어도 뻘쭘하긴 뻘쭘했어.

"아무래도 열쇠를 꺼내실 겨를은 없을 것 같으니 같이 가요. 저한테도 열쇠가 있거든요."

"감사합니다, 수녀님."

야밤의 상견례랄지. 어쨌든 나는 그렇게 일번을 업은 채로 맹인 수녀의 인도를 받아 일번의 집으로 향하게 되었어.

* * *

"커피에는 설탕 몇 개 넣어 드시나요?"

"하나면 됩니다."

수녀는 자연스레 일번의 집 문을 열고 들어가 나를 일번의 침실로 안내했어. 전에도 제법 자주 들렀나 보더라고. 나는 수녀를 알아봐서 자꾸 아는 척을 하려는 일번을 억지로 침대 위에 눕혔지. 아무리 밉상인 상사라도 취해서 반한 사람한테 들이대는 참사를 저지르게 내버려둘 수는 없었으니까.

일번의 집은 의외로 깔끔하더군. 언제나 여자를 집에 들여서였을까? 아니, 그런 것 같지도 않았어. 건조하게 정돈된 느낌이었으니까. 있어야 할 물건도 다 잘 있고 어지럽지도 않고 아무튼 내가 아는 일번의 느낌과, 혹은 범죄자라고 했을 때 받을 느낌과는 전혀 다른 분위기의 집이었어.

고작 부하인 나한테도 알려줬을 정도니 이번 임무를 위해서만 따로 구한 곳이기는 했을 거야. 그렇다고는 해도 집 안에 처음 들어가니 계속해서 위화감만 느껴지더라고.

"여기요. 밤이라 추우셨을 테니 따뜻한 것 좀 드세요."

"감사합니다, 수녀님."

나는 집에 가려고 했는데 수녀가 수고 많았으니 차라도 한잔 마시고 가라면서 붙잡더라고. 그날 너무 지쳐서 빨리 집에 가고 싶기는 했지만 그냥 알겠다고 했지. 사실 제법 궁금했거든. 그리고 이 야밤의 티타임은 내 직장 상사 되는 인간, 일번이 세상 몰래 사랑하는 지구 완전체가 어떤 사람인지 알 절호의 기회였잖아.

요즘 맹인 안내용 드론이 워낙 좋기도 하지만 수녀는 눈이 안 보이는 사람이라고는 믿기지 않을 정도로 매끄럽게 차를 내왔어. 아마 집 구조에 익숙했기 때문도 있었겠지. 정말로 허물없이 드나든 느낌이었거든.

만약 내 짐작이 맞다고 가정하면 일번의 집이 그렇게 건조하게 정돈된 느낌이었던 것도 이해가 가. 그 집은 집이 아니었던 거야. 일번이 숭배하는 수녀님을 위해 마련한 성전이었던 거지. 그 정돈됨은 생활상의 결벽증이 아닌 종교적인 경건함에 가까웠어.

아마 그렇기에 여자가 끊길 일 없는 여자인 일번의 집에 번잡한 분위기가 전혀 느껴지지 않았다고, 범죄자인 일번의 집에 어떤 그림자도 보이지 않았다고 느낀 것이었겠지. 어떤 의미로는 감탄마저 들더라고.

"일이 많으신가 봐요."

"네, 뭐…… 저야 하는 일이 별로 없기는 하지만 누님이 고생이시죠. 재주가 많으시다 보니 일도 많아서."

"옳지 않은 일이겠지만요."

"그야…… 어떻게 보면 그렇습니다만."

어떻게 보면 그렇기는 무슨. 그냥 못된 일이었지. 수녀의 입에서 성직자들 특유의 그 엄격한 말투가 나오더군. 틀린 말도 아니었고. 우리가 하는 일은 절도였고 무단침입이었고 경우에 따라 폭력을 쓸 마음도 있었으니까. 무엇보다 누구 하나

죽더라도 이상한 일이 아니었고 그 죽을지 모를 누군가가 우리가 되었든 상대방이 되었든 아무렇지 않을 일이기도 했어.

그때야 다시 내 눈앞의 사람을 제대로 바라보게 되었어. 고아원이라느니, 수녀라느니, 상사의 짝사랑 상대라느니. 그런 자잘한 잔가지들을 쳐내고 뒷골목에서 일할 것이 분명한 나 같은 놈팽이 앞에서 쓴소리를 뱉을 수 있는 그런 사람으로 말이야.

"저 아이와는 오랜 친구예요. 지금이야 자매님이라고 부르는 사이가 되었지만요. 같은 고아원에서 나고 자라 많은 도움을 받았지요."

"몰랐습니다. 누님이 다른 이야기는 잘 하지 않으셔서요."

"저한테도 그래요. 친구는 출세해서 돌아오겠다며 열일곱에 고아원에서 가출을 했고 작년에야 저를 다시 찾아왔지요. 큰 선물 꾸러미를 몇 개나 들고서요."

"미담이군요."

"글쎄요. 형제님께서는 저 같은 수녀야 세상 물정 모르는 부엌데기로 보이시겠지만 아무리 부엌데기라고 해도 행성 칼바리오에서 가출한 고아가 십여 년이 지나 큰돈을 들고 돌아오기 위해서 어떤 일을 해야 하는지 모르지는 않습니다."

다들 간과하는 사실이지만 일선에 선 종교인들만큼 세상

끝난 인생을 자주 지켜보는 직업이 어디 있겠어? 경찰도 법원도 막장들을 처리하지만 이 사람들은 어디까지나 누군가가 사고를 쳤을 때 수습하러 가는 사람들일 뿐. 막장들의 일상을 지켜보며 먹여줘 재워줘 살려줘 다 하는 사람들은 이 성직자들이지. 높으신 주교님들에게야 영 딴 세상이겠지만.

하여튼 소꿉친구라. 수녀를 향한 일번의 집착이 어디에서 출발했는지도 알 것 같았어. 고아로 자라나 제법 성공한 축에 속한, 돈이든 여자든 못 가질 게 없는 인간이 이제 갖고 싶은 건 역시 과거의 노스탤지어뿐이겠지. 그 데면데면한 관계도 납득이 갔고. 어릴 적의 친근함과 어른이 되고 난 뒤의 거리감 사이의 간극에서 일번은 도무지 갈피를 잡지 못하고 있는 것이겠지. 어이구, 나잇값 못 하는 상사를 둔 내 팔자도 참.

"하지만 그런 못난 친구라도 저에게는 소중한 사람입니다. 앞으로 어떤 일을 준비하고 있는지 저는 알 수 없습니다만…… 모쪼록 친구를 잘 부탁드려요."

상호 짝사랑 사이에 끼게 된 내 팔자도 참.

13

　어둠. 섬광. 폭음. 열기. 불꽃. 비명. 절규. 군중. 고함. 붕괴. 균열. 구토. 신내. 탄내. 이명. 굉음. 파열. 상처. 시체. 질주. 탄식. 분노. 고통. 눈물. 남자. 상처. 저항. 구속. 절상. 감염. 고통. 슬픔. 치욕. 분노.

　어둠. 섬광. 폭음. 열기. 불꽃. 비명. 절규. 군중. 고함. 붕괴. 균열. 구토. 신내. 탄내. 이명. 굉음. 파열. 상처. 시체. 질주. 탄식. 분노. 고통. 눈물. 남자. 상처. 저항. 구속. 절상. 감염. 고통. 슬픔. 치욕. 분노. 그날도 꿈을 꾸고 있었지.

　이번에도 언제나와 마찬가지로 일어나니 한기가 들었어. 식은땀 때문이었지. 땀으로 젖은 몸에 찬 공기가 들이닥쳐서 그랬던 거야. 꿈은 꿈이고 과거는 과거라는 것을 다시 정돈하

119

는데 여전히 시간이 걸렸고. 하지만 오래 걸리지는 않았다. 익숙해져서는 아니야. 그것보다는 그게.

"일어나셨습니까, 형제님."

"호르헤 사제님……."

"악몽을 꾸시는 것 같기에 깨워드렸습니다."

"어으…… 감사합니다."

"형제님 잠꼬대를 듣기 싫어서 깨워드린 것입니다."

"거…… 야박하시긴."

동거인이 생겼거든. 그래. 호르헤 사제가 내 새 동거인이었어. 행성 아카에서의 대탈주극이 끝나고, 우리 팀에서 내 임무가 하나 생겼기 때문이야. 바로 호르헤 사제를 감시하는 일이었지.

무간도 가이아에 들어갈 수 있는 열쇠인 호르헤 사제이니 우리 작전의 중요 기밀 사항이고, 중요 기밀 사항이니 어디 사람을 사서 쓸 수는 없고. 하지만 다른 번호들은 자기 일 때문에 바쁘고. 그러니 소거법적으로 봤을 때 이 다 큰 애어른의 기저귀를 갈아줄 사람은 나 같은 신참밖에 없었다는 거야.

"호르헤 사제님. 여기도 듣는 귀가 어디 숨어 있을지 몰라서 대놓고 말씀드리기도 그렇습니다만. 저랑 지내시는 건 결정된 사항이니까 불편하셔도 좀 참아주십쇼."

"잠꼬대를 참아야 합니까?"

"아니, 그것까진 아니고요."

"그러면 앞으로도 참지 않겠습니다."

거 인간 까탈스럽긴. 나는 길게 말을 붙이기도 싫어서 침대에서 일어나 부엌으로 향했어. 호르헤 사제는 언제나와 마찬가지로 자기 먹을 거 다 먹고 차도 우려서 한잔 즐겼던 모양이더군. 그런데 같이 살면서 먹을 거야 어차피 한 번에 여러 명먹을 거 만드는 게 편하지 않나? 꼭 자기 먹을 거만 딱 만들고말더라.

아냐, 아냐. 가사 노동을 다 떠넘기고 그러려는 거 아냐. 나도 내가 먹을 거 만들면 사제한테 권하고 그랬다고. 내가 늦게일어나니까 점심 이후 야식까지이기는 하지만. 여하간 매정한 인간이었어.

"오늘도 나가십니까?"

"옙, 그렇습니다. 사제님께서는 저한테 뭐 부탁하실 거 없으십니까?"

"없습니다."

그때는 고생이었어. 당시 기준으로 몇 주 전 대소동 때 끓어오르던 아드레날린의 감각이 잊히질 않고 뇌는 흥분을 가라앉히지 못했는데도 몸은 동면에서 막 깨어난 곰처럼 굼뜨

게 지내야만 했으니까.

"아시겠지만 나가고 싶으실 때는 사제님 혼자서 나가실 수는 없습니다. 저를 불러주십쇼."

"알겠습니다."

건성건성하는 대답을 들은 뒤 나는 욕실로 향했지. 어쨌든 나가야 했어. 그 벽창호 같은 인간이랑 하루 종일을 보낼 수는 없었으니까. 행성 아카의 간수들이 호르헤 사제를 독방에 넣은 이유를 알겠더라고. 차라리 동일 사이즈의 동상이랑 같이 살아도 더 살갑게 지냈을 거야.

* * *

"그래서, 사제님을 놓고 왔다는 게 자랑이냐?"

"아, 봐주세요. 일번 누님, 종교인이랑 같이 생활한다는 게 어떤 느낌인지 아십니까?"

"너 내가 누구 좋아하는지 알면서 그런다, 그지?"

"실숩니다. 진짜 실숩니다."

실수라고 처벌을 피할 수 있는 것은 아니었지. 퍽. 수준급의 혹이 명치에 박혔어. 지저분한 공사장의 공기 탓도 있겠지만, 그보단 그 환상적인 펀치로 순간적으로 기도가 턱 막히는 바람에 기침을 하느라 정신이 없었지만, 실은 그때 진짜로 정신이 없는 사람은 내가 아니라 일번이었지.

"아저씨! 거기에 세울 기둥이 아니라고 했잖아요. 두 번째 방. 응, 두 번째 방. 그리고 3층에도 같은 디자인이 들어갈 거니까·챙겨놨죠? 잠시만 기다리세요. 전화 왔네, 또. 네, 여보세요. 아니요. 아니라고요. 꽃병은 제가 보내드린 디자인이 필요한 거라고요. 더 좋고 싼 매물이 중요한 게 아니라. 제발 부탁이니까 저 바빠죽겠으니까 그냥 부탁드린 그대로만 좀 진행을 해주세요. 끊습니다. 죄송합니다, 아저씨. 아까 저랑 무슨 대화를 했었죠? 맞다. 기둥. 제가 추가로 주문한 게 열 개였는데 완성된 건 얼마? 셋? 아니, 빨리요. 빨리. 돈을 줬잖아. 돈을 줬으니 기한을 맞춰주셔야죠."

호르헤 사제가 합류한 이상 작전 결행은 확정되었고 선금도 들어왔지. 그리고 보수는 선금만으로도 우리가 꿈꾸던 일 중의 몇 가지는 처리할 수 있을 정도의 금액이었어.

일번은 사업에 필요한 투자금과 개인적으로 배당받은 선금이 들어와 두 배로 정신이 없었지. 게다가 그냥 아무거나 물건을 사기만 하는 거라면 모를까 건물을 새로 짓는 큰 사업마저 동시에 진행하니 얼마나 바빴겠어.

하지만 나는 가만히 집에 박혀 있는 것에 너무 지쳤었어.

그러니 공사장까지 찾아가서 안전모를 쓰고 현장을 지휘하는 일번에게 닦달을 하지 않을 수 없었던 거고.

"일번 누님?"

"뭐! 뭔데, 뭐!"

"바쁘시면 저한테도 일 좀 주세요. 저 애 보기는 질렸어요. 호르헤 사제, 그 꼰대가 좀 사이코이긴 해도 말없이 저희한테서 도망칠 사람도 아니잖아요?"

"그걸 니가 어떻게 아냐? 그리고 니가 그걸 안다고 해도 나는 니가 뭐 그 사람이랑 내통하는 배신자일지 아닐지 어떻게 알겠냐?"

"아, 누님! 좀! 저나 꼰대나 어르신 앞에서 도망칠 수 있을 정도로 능력이나 있습니까? 무슨 누가 들으면 나 하이퍼 퀑이라도 되는 줄 알겠네!"

"하이퍼든 아니든 뒤통수는 누구나 치는 법이고요, 더욱이 가진 거 뭐 없는 놈들이라고 못 칠 거 없고 누구나 다 잘 치는 게 뒤통수입니다. 아시겠습니까?"

잘생긴 일번의 미간이 사정없이 찡그려지더군. 아차 싶었다. 언제나 막 대하긴 했지만 그때는 정말 폭발하려고 하더군. 잔의 물이 넘쳐흐르기 바로 직전, 표면장력이 아슬아슬하고 위태롭게 그 마지막 일선을 지키면서 바로 다음 한 방울을 기다리는 그런 느낌이었어.

"죄송합니다. 가보겠습니다."

"가!"

* * *

"그러게 왜 잠자는 사자를 억지로 깨우려고 하셨습니까. 그분께서는 근자에 휴식도 없이 항시 바쁘시다는 것을 모르시지도 않으시거늘."

"이모님. 항시 바쁘신 그분과 항시 지루한 제가 힘을 합치면 항시 덜 바쁘신 그분과 항시 덜 지루한 제가 되지 않겠습니까?"

실수라고 처벌을 피할 수 있는 것은 아니었지. 퍽. 수준급의 혹이 명치에 박혔어. 이런 데자뷔. 이모님, 아니, 삼번은 정말 나비같이 날아서 벌처럼 혹을 쏘더군. 아직도 나는 어떻게 16센티미터의 힐을 신고 몇십 겹의 드레스를 걸쳐 입은 삼번이 그렇게나 매끄럽고 우아하게 주먹을 날릴 수 있었던 것인지 모르겠어.

"이모님이라니요. 부인이라고 불러주십시오."

"으흡, 넵…… 부인."

공사장에서 나와서 간 곳은 공방이었어. 의상 디자이너들의 공방. 일번의 소비는 건물을 짓는 것이었지만 삼번의 소비는 옷에 있었거든. 옷이 사람을 만든다고나 할지. 고급스럽게 재단된 특제 맞춤옷을 입은 삼번은 평소와는 완전히 다른 사람이었어. 시장통의 아주머니들 사이에 언제라도 자유자재로 녹아들던 그 사람이라고는 믿을 수가 없더군.

표준어를 썼고 화장을 했고 헤어스타일도 공들인 티가 났어. 아무리 무심하고 외모에 아는 바가 없는 나라지만 삼번이 평소와는 완전히 다르게 꾸몄다는 건 너무나 명확했다고. 그리고 놀랍게도 그 태도에는 어색함이 전혀 느껴지지 않았어. 물 흐르듯이 자연스럽게, 태어날 때부터 귀족이었던 것처럼 고상했다니까. 아마 길에서 마주쳤으면 동일 인물이라고 생각하지 못했을 거야.

체구는 그대로였지만 느낌은 완전히 달랐고. 작고 동글동글한. 하지만 움직임은 달랐어. 어깨와 허리를 꼿꼿이 한 채 다리를 쭉쭉 뻗으며 걷는 그 모습은 분명 훈련받은 사람의 모습이었다니까.

"후우, 후우…… 그래서 부인께서는 혹시 짐꾼 필요 없으십니까? 아무 일이나 도와주게 해주세요."

"필요 없사옵니다."

"칼같으시긴. 아니, 후학에게 기회를 주셔야 하지 않겠어
요? 정말 왜들 그렇게 나를 따돌리시나 모르겠네."

"으디 끕싸고 읁았니? 흐라믄 흐고 플라믄 믈고 느가 긍금
태도 느야말로 느가 으케 그리 스지늠흔티 츠삐나 므르긴네."

글쎄. 그건 나도 모르겠더라고.

14

"사제님. 저 왔습니다."

"오셨습니까…… 손에 들고 계신 그것들은 다 뭡니까?"

"술입니다, 술. 감옥에 있다가 안전 가옥으로 오셨으니 적적하지 않으십니까. 오늘은 저랑 일 배 하시죠."

"한 잔의 양은 아닌데요."

"아, 거 뭐 큰 잔에 따르면 일 배고 작은 잔에 따르면 백 배고 그런 게 술 아니겠습니까. 여하튼 마십시다."

일번에게 까여, 삼번에게 까여. 이번이랑은 대화가 어렵고 사번은 약쟁이라 패스. 그대로 집에 돌아오게 된 처지였던 나는 야속한 속이라도 달래자고 술을 좀 사 갔지. 호르헤 사제와의 머쓱한 관계도 좀 풀어야지 싶었거든. 아무튼 동서고금 술만큼 인간 사이에 가교가 되어주던 물질이 어디 있더냐. 뭐? 사제가 무슨 술이냐고? 아, 거. 성찬식 때마다 사제들이 술 빼돌려서 마시는 거야말로 연례행사고 그렇지.

안전 가옥이라고 해도 우리한테 배당된 공간은 그리 크지 않았어. 어르신이 행성 칼바리오에 갖고 있는 안전 가옥이야 오죽 많긴 하지. 그 사람, 부동산 놀이도 하고 있으니 그냥 인원수에 맞춰서 딱딱 준비를 해주잖아. 하지만 더 큰 곳 배당해 달라고 배짱을 부릴 처지는 아니었고.

나는 봉투 안에 든 족발이나 맥주 캔 따위를 꺼내서 테이블 위에 정돈했어. 젠장. 다른 사람들은 건물을 사고 맞춤옷을 사고 부릴 사치를 다 부리는데 어떻게 된 게 내 사치의 상한선은 편의점 매대에서 할인품을 신경 쓰지 않는 정도였는지.

"술은 좀 드십니까?"

"먹을 만치는 먹습니다."

이 깐깐한 성직자를 보노라니 내 불편함과 우리 사이의 어색함이 조금씩 납득이 가더군. 이 남자는 사이비 끝판왕이었잖아. 컬트 종교라고 조롱받는 태모신교에서도 이단이라고 배척받는 인간이었다고.

하지만 내가 직접 만난 이 사람은 소문을 통해 받은 느낌과는 달리 그냥 지루하고 평범한 사제의 전형이었어. 너무 모범

적이어서 재미조차 없는 그런 사람이었다고. 사이비면 사이비답게 미친 짓을 하지 않을까 싶었던 내 기대에는 아랑곳없이 웬 샌님처럼 있으니 무슨 교류가 있었겠어.

"오늘은 사제라는 지위나 감시자와 피감시자라는 신분도 생각 말고 계급장 다 떼고 마시도록 합시다. 여기 카메라 보이시죠? 자, 이제 전원 껐습니다. 누가 볼까 들을까 걱정할 것도 없이 그냥 이제 편하게 속내를 털어놓으셔도 됩니다."

"다른 분들이 그래도 된다고 했습니까?"

"아, 뭐 술도 편하게 못 마시면 어디 그게 사람 사는 겁니까. 사제님이야 자기가 신이라고 말씀하시는 분이니 어떻게 견디실 수 있을지 몰라도 전 아닙니다. 어르신이야 제가 어떤 사람인지 알고 계시고 다른 사람들이야 어르신들이 말려주실 테니 큰 걱정 없습니다."

"알겠습니다."

그때 나는 정말로 감시 기기들의 전원을 내렸어. 내가 파악 못 한 기계가 있었을지도 모르지만 내가 아는 한에서는 다 끈 게 맞아. 호르헤 사제는 멀뚱멀뚱 내가 술상을 차린 뒤 여기저기 기계를 끄고 다니는 모습을 지켜보더군.

그 사람 성격을 생각하면 굳이 내가 감시 기기를 끄거나 하지 않았어도 속내를 바로 보여줬겠지 싶기는 해. 아니, 애초에 속내랄 것도 잘 없는 사람이지. 그냥 그렇다면 그런 거고 아니라면 아닌 거라며 투명하게 사는 사람이었으니까.

알코올이 들어가니 그 불편하던 사람도 좀 더 속없이 대하게 되더군. 일번도 참 야속하지. 어쨌든 일번한테는 내가 태모신교한테 감정 있고 불만 많고 다 엎어버려야 할 대상이라고 친절하게 설명도 해줬는데 태모신교 사제랑 한집에서 살게 하면 어쩌자는 거야? 호르헤 사제는 태모신교의 교리를 따르는 사람이기도 하지만 태모신교를 엎어버리려고 한 사람이기도 하니 후자에 집중하길 바랐던 걸까?

술을 마시면서는 뭐 이런저런 이야기를 했어. 내 과거에 대해서도 털어놓았고. 아니, 그렇지 않고서는 대화가 잘 안 될 것 같아서. 게다가 상대방은 곧 무간도 가이아에 갇혀서 지낼 사람이잖아? 내 과거에 대해 아무리 떠들어도 바깥에 새 나갈 걱정은 하지 않아도 되는 사람이었지. 곧 시체나 다름없이 살 텐데, 죽은 사람이나 죽을 사람한테 무슨 이야기를 한다고 비밀이 새어 나갈 일이야 있겠냐고.

호르헤 사제는 별 대단한 이야기는 하지 않더군. 그냥 내가 과거에 겪은 일들을 토로하면 추임새나 넣어주는 정도였어. 글쎄, 자기 자신을 신이라고 주장하는 사람이라면, 또 소속된 종단의 비리를 연달아 폭로해서 암암리에 수배마저 걸려 쫓기는 신세로 사는 사람이라면, 보다 에고가 비대해서 나 같은 사람에게 발언권을 1초도 넘기지 않았을 것이라 생각했는데 말이야. 완전히 예상 밖의 인물이었지.

"……사제님도 보면 참 신기한 분입니다. 멋대가리 없게 말씀하시고 맛대가리 없게 드시고. 자기가 신이라고 참칭하는 사람이면 좀 더 뭐라고나 할까. 눈도 가끔씩 까뒤집고 침도 질질 흘리고 방언도 터져 나오고 그러셔야 하는 것 아닙니까? 그런 분이 또 어쩌다가 팔자가 꼬이셨는지 이렇게 저 같은 놈이랑 마시시고."

"정 원하신다면 해드릴 수 있습니다."

"아니, 그게 아니라. 또 그걸 왜 합니까. 제 이야기는, 사제님께선 감옥 안에 계시나 여기 계시나 다를 것도 없는 분 같다는 겁니다. 딱히 원하시는 것도 없고 이루실 것도 없이 염불이나 외면서 지내시는 조용한 분께서 뭣 하러 이런 큰 범죄자들이랑은 엮였냐는 겁니다."

"요청이 왔고 받아들였을 뿐입니다."

"요청이면, 어르신한테서?"

"그렇습니다."

"협박? 고문? 금품 제안?"

"오래서 왔고, 가래서 갑니다."

어이구 속 터져. 뭐 이리 텁텁한 사람인지. 나는 이 목석같은 사제의 절반은 이해가 가는데 나머지 절반은 이해가 가지 않더라고. 이렇게 딱딱하게 구는 사람이라면 종단의 비리를 참지 못했다는 것은 어색하지가 않아. 당연히 그랬겠지. 굳이 의문이 든다면 그건 종단의 비리 성직자님들께서 이렇게나 대놓고 자기 할 말만 하는 사람에게 책잡힐 정보들을 오픈했는지였지 폭로와 고발에 대해서는 납득이 갔어. 하지만 나머지 반절, 신을 참칭했다는 것만큼은 이해가 가지 않더군.

어찌 보면 민감할지 모르는 질문이니 나는 우선 안주와 맥주로 배를 좀 더 채웠어. 긴 이야기를 끌어내고 싶었고 긴 이야기를 듣기 위해서는 체력이 든든해야 하는 법이니까. 어쨌든 무슨 일이든 하려면 달고 짠 안주와 쓴 맥주가 입을 적셔야지.

"그래. 호르헤 사제님은 신이시라는 분이 어디 범죄자들이 이거 해라 저거 해라 명령하면 그거에 넙죽 엎드리셔서, 좋습니다 하시라는 대로 하겠사옵니다, 이러시면 체면이 구겨지지 않습니까?"

"아마 형제님은 제가 신을 자처했다는 점에서 위화감을 느끼시나 봅니다. 맞습니까?"

"네, 뭐 그렇습니다. 그런데 친숙함을 느끼면 그건 그것대로 문제 아니겠습니까. 어딜 봐도 그렇게까지 맛이 간 분으로는 보이지 않는데, 도대체 뭘 어쩌자고 내가 신이오, 하고 선포를 하셨답니까? 흔한 이야기로 내가 신이다, 라고 하는 사람보다 내가 신의 사제다, 라고 하는 사람이 더 위험하다고는 하더군요. 어쨌든 전자는 후자와 달리 남 핑계는 대지 않으니까요. 하지만 그렇다고 전자가 유달리 덜 위험한 사람도 아니지 않겠습니까?"

"재미난 이야기군요. 하지만 저는 그렇게 보지 않습니다."

호르헤 사제도 술을 다시 들이켜더군.

"알고 계시겠지만 신은 최초의 동작인(動作因)입니다. 모든 것의 출발점이자 원인이고 책임을 가진 존재입니다. 신에 대한 정의에서 전지와 전능은 사실 가장 먼저 배제되어야 할 개념입니다. 모든 것을 알고 있다는 것은 그 앎에 의미가 없다는 뜻이고 모든 것이 가능하다는 것은 그 행함에 가치가 없다는 뜻에 불과합니다. 그렇다면 우리가 일반적으로 신에 대해 갖는 기준 중 유일하게 남는 것은 그의 동작인으로서의 가치, 현상의 유발자이자 채무자이자 채권자로서의 가치뿐입니다."

"거 뭐 술자리에서 그런 말씀을 하시고 그럽니까."

"사제들 술자리라는 게 원래 이런 것 아니겠습니까."

이 자식이 농담을 치는 건지 원래 그런 놈인 건지는 아직도

구분이 가질 않아.

"아무튼 신이 뭐 그런 거라고 치죠. 근데 그게 왜 사제님이 신을 자처하는 논리의 발단이 됩니까? 사제님께서 뭐 제 존재의 원인은 아니시잖아요. 혹시 제 탄생의 비밀과 연루되신 분이기라도 합니까? 마이 파더도 아니시잖아요."

"아닙니다. 하지만 제가 형제님의 파더인지 마더인지는 뒤로 미루고 방금 시작한 이야기를 좀 더 이어나가보겠습니다. 살면서 우리는 신을 만나게 됩니다. 형제님도 신을 만난 적이 있지 않습니까?"

"……없는데요? 아니, 기적의 현현 이런 식으로 신의 존재를 간접적으로 체험한다 뭐 이런 식의 간증을 바라시는 것이라면 전 정말로 그런 것들이랑은 거리가 백만 킬로미터 떨어진 사람입니다."

"저도 그런 것과는 거리가 먼 사람입니다. 형제님. 형제님은 사랑에 빠진 적이 없으십니까?"

아니, 정말로 이게 무슨 개소리였나 싶었다고.

"……지금 저한테 뻐꾸기 날리시는 거라면 정중히 사양하겠습니다."

"뻐꾸기 아닙니다. 사랑에 빠지신 적, 있습니까, 없습니까? 누구 하나 반한 적은 있으실 것 아닙니까."

"아, 뭐…… 그렇죠. 있습니다."

"타인과의, 그중에서도 사랑하는 사람과의 만남은 우주가 시작하는 순간입니다. 기존의 가치관과 개념들이 모조리 부정되고 사랑하는 사람을 중심으로 세계가 재편됩니다. 모든 것들의 의미가 이전까지와는 완전히 달라집니다. 그렇다면 우리에게 사랑하는 사람은 신입니다. 모든 것의 출발점이자 원인이고 책임을 가진 존재입니다. 사랑하는 사람은 달리 말해 우리에게 있어 최초의 동작인이며 현상의 유발자이자 채무자이자 채권자입니다. 타자는 우리에게 있어 미지인 동시에 우주입니다. 그리고 우리는 우주와 사랑할 수밖에 없습니다."

여기서부터 사람들이 왜 사이비에 넘어가는지 알겠더라고. 뭐라는 건진 모르겠는데 뭐가 맞는 거 같은 느낌이 들고 막 그러잖아.

"태모신교는 사랑과 보복의 종교입니다. 이것이 의미하는 바가 결국 무엇이겠습니까? 우리는 사랑합니다. 사랑은 신의 동의어입니다. 분리될 수 없습니다. 그렇다면 우리는 사랑하는 사람에게 어떤 사람이 되어야 옳겠습니까? 그가 나의 모든 것에 책임을 져야 한다고 말하고 모든 인과의 무게를 그에게 없는 것이 사랑이겠습니까? 아닙니다. 그건 결코 사랑이 아닙니다."

"그렇다면······."

"사랑은 두 주체가 동등한 순간에만 가능합니다. 사랑의 비극은 언제나 두 주체가 동등하지 못할 때 생겨나는 불균형 때문에 생겨나고, 우리는 그렇기에 불가능에 가까운 일임을 알면서도 정당하고 동등한 대가를 치르길 바랍니다. 교리에서 사랑 다음에 보복이 이어지는 것도 바로 이런 논리 때문입니다. 우리는 사랑에 대한 앙갚음을 해야 합니다. 그리고 우리는 신을 사랑합니다. 동시에 신에게 사랑을 돌려받기도 원합니다. 그렇다면 신을 사랑하는 사람은 신이 될 필요가 있습니다. 그래야만 동등하기 때문입니다."

15

　우웅, 우웅, 엔진이 가까스로 돌아가며 비명을 질렀어. 차창 밖으로 보이는 우주선의 보조날개도 심상치 않은 소리를 내면서 흔들거렸고. 정말이지 달갑지 않은 비행이었지. 내가 그렇게 솜씨 좋은 파일럿도 아니었잖아.

　"야, 똑바로 좀."

　"누님. 저도 노력하, 고 있습니다."

　덜컹거리는 선체 때문에 제대로 문장 하나를 끝내기도 어려웠어. 거세게 몰아치는 대기에서 겨우 벗어나 우주선의 흔들림을 진정시키고 뒤를 돌아보니 일번이 실실 웃으면서 과자를 까먹는 모습이 보이더군. 아무튼 남 일이라고 외야에서 훈수만 두고 말이야. 나는 그때 떨려서 죽는 줄 알았는데.

"호르헤 사제님은 좀 견딜 만하십니까?"

"괜찮습니다."

"하이고, 사람인지 목석인지. 그럼 내려갑니다."

나는 우주선의 고도를 조심스레 낮췄어. 겨우 바람이 안정된 구역에서 다시 아래로 내려가려니 아주 죽을 맛이었지. 평소라면 사번이 운전석에 앉거나 했을 텐데. 아니, 내가 운전석에 앉더라도 자동 운항 시스템에 맡기고 만약의 상황을 대비하는 정도의 일만 하면 되었을 텐데. 고장이 나서 추락하기 일보 직전의 고물을 간신히 움직이는 상황이라니.

창밖의 하늘은 기분 나쁠 정도로 붉은빛으로 가득했어. 황혼 무렵에 내려온 게 잘못이었지. 아무리 그래도 대낮에는 푸르게 빛나는, 아름답다고는 못 해도 이토록 불쾌하진 않은 행성인데. 하지만 그 붉은빛도 퉁, 투투퉁, 우주선 곳곳에서 기침 소리 같은 소음과 함께 뿜어져 나오는 희뿌연 연기에 가려지고 말았지. 정신이 한창 없을 찰나, 스크린마저 켜지더군. 관제탑의 통신이었어. 그나마 일번이 그 일 정도는 맡아줬기에 망정이지.

—여기는 관제탑. 당 우주선의 목적은?

"3구역 착륙입니다. 호송 절차를 위해 왔습니다."

—연기가 심한데, 괜찮은가?

"어떻게든 될 것 같습니다. 정비는 절실합니다만."

―알았다. 싸울아비의 행성, 가이아에 온 것을 환영한다.

"감사합니다. 그러면 잠시 뒤에 다시 연락드리겠습니다. 통신 끊었고…… 야, 호르헤 사제님 구속복 확인 좀."

"알겠습니다. 입까지 채울 테니까 잠시 가만히 계십쇼, 사제님. 여기까지 오시느라 수고 많으셨습니다."

"아닙니다. 제가 자원한 일입니다."

이후 관제탑은 우주선용 착륙장으로 우리를 안내했어. 곧 그 저주로 가득 찬 검은 대지가 시계(視界)에 잡혔지. 그래. 이건 그날의 기억이야. 우리가 마지막으로 함께했던 날에 대한. 무간도 가이아에서의 최종 작전이 결국에는 실패하고만 날에 대한 기억.

* * *

"반갑습니다. 제가 이 구역 반장입니다."

"처음 뵙겠습니다."

"저 남자가 호르헤 예비 견자님입니까?"

"그렇습니다."

대화가 교과서에나 나올 법해서 좀 그런데…… 하고 생각이 드니까 어찌나 웃음이 터질 것만 같았는지. 연기가 풀풀 나는 고장 난 우주선을 가까스로 착륙시키고 나니 이제 다음으로는 죄수의 인도 절차. 호르헤 사제와 이별할 시간이었어.

여기서는 딱히 내가 할 일이 없었지. 그냥 폼 잡고 서 있는 것 정도가 내 임무의 전부였어. 일번이 그 배의 책임자였으니까. 무간도 가이아의 반장과 교섭을 할 사람도 일번이었지. 그래서 그때 나는 파손된 부위 중 우주선 내부에서 가늠할 수 있을 곳들을 뒤져보았어.

"자매님의 헌신에 감사드립니다."

"마땅히 해야 할 의무니까요."

무간도 가이아는 어찌 되었든 유배지. 엄격한 절차를 거치거나 대단한 보증이 있지 않고서는 나나 일번 같은 종단 외부 인사가 이 별에 발을 붙이기란 불가능에 가까운 노릇이지. 그래서 우리는 변경 행성의 수도원을 매수해서 8우주 곳곳을 도피 중이던 호르헤 사제를 체포한 수도원 관리자로 위장했어.

가장 좋은 건 역시 무녀와 사제로 위장하는 것이었겠지만 이 빌어먹을 컬트 교단, 무녀들의 신원 관리가 워낙 철저하다 보니 그쪽으로는 도무지 뚫을 수가 없더군. 그래서 돌고 돌아 수도원의 관리자라는, 종단 내부 인사이기는 하지만 외부에 한없이 가까운 직종으로밖에 위장할 수 없었어.

"죄수의 호송도 완료되었으니 귀 수도원에는 예정대로 금일봉이 전달될 것입니다. 모레부터 있을 사육제 기간이 끝나는 대로 일 처리를 완료하겠습니다."

"사육제요?"

"행성 가이아만의 특별 의식입니다. 이곳에 모인 견자님들에게 축복을 드리는 기간이지요. 다행히 의식이 시작하기 전에 호르헤 예비 견자님을 연행해주신 덕분에 참가자가 늘어날 것 같군요."

곱게 말해서 축복을 드리는 기간이지. 말 그대로 무간도 가이아에 끌려온 철견들이 육신을 버리도록 서로 죽도록 싸우게 방목하는, 그리고 그걸 패트론과 몇몇 유력자들이 구경하며 즐기는 기간을 곱게도 포장해서 말하더라고.

하지만 이 사육제 기간은 참가자들을 늘리기 위해서 현상수배자들에 대한 포상금을 좀 더 높여 부르거든. 덕분에 우리 같은 외부 인사들이 이렇게 찾아오기도 좋지.

"밖에서 보아도 우주선에 손상이 큰 것으로 보이더군요. 출항이 가능하겠습니까?"

"아무래도 어려울 것 같네요. 혹시 괜찮으시다면 배의 정비를 부탁드려도 될까요?"

"알겠습니다. 정비반에 연락을 해두겠습니다."

"그동안 아무래도 잠시 어디 머물러 있어야 할 것 같은데……."

"그렇습니까?"

"저희 운전수 말로는 그렇다더군요. 이봐, 와서 설명해."

"알겠습니다, 누님."

나는 기름때로 범벅이 된 손을 닦으며 그 지역의 반장과 수행원들이 있는 출입구 쪽으로 걸음을 옮겼지. 어떻게 설명을 하려고 하던 찰나에, 내 앞에 서 있는 사람들을 보자 그만 말문이 턱 막히더군. 내가 지금 저 사람을 속여야 한다는 거야? 하는 생각이 드니, 거, 원.

여자는 무간도 가이아의 유니폼을 입고 있었지. 그 교복 같은 거 말이야. 들리는 소문으로는 이 유배 행성의 관리자 중 몇몇은 그 교복을 닮은 유니폼을 보고 싶어서 자원을 한다고 하니 변태들의 교복에 대한 집착도 알 만하지. 도대체 이 정신 나간 컬트 교단은 자기네들 수족들에게마저 그런 변태적 취향을 왜 감추질 않는지 알 수가 없어.

그런 생각을 하는 데 걸린 시간이 3초였어. 고작 3초였지만 어쨌든 잠입 작전을 진행하는 도둑들에게 있어서는 치명적인 시간이었지. 애초에 나는 내 킁 기술만 믿고 이 일에 자원한 것이었지 연기력에 자신이 있어서 그런 것은 아니었잖아. 게

다가 원래 나는 아무 말도 안 해도 된다고 작전 때는 그렇게 들었는데, 갑작스레 돌발 상황에 애드립을 요구하니 어디 배길 수가 있어야지.

"어…… 그게…….."

"죄송합니다, 반장님. 저희 넛츠 형제가 어릴 적 사고로 머리를 다치는 바람에 조금 말이 어눌합니다. 수도원에 오게 된 계기도…….."

"괜찮습니다. 천천히 설명해주셔도 됩니다. 저 커다란 가면도 그 사고 때문에 쓰게 되신 것입니까?"

"네, 그렇답니다."

이걸 나이스 어시스턴트라고 해야 할는지.

"엔진에…… 구멍이…… 돌아가질 않게…… 그…… 사제님이 그…… 움직이셔서…… 총이…….."

"호르헤 사제가 갑자기 저항을 시도했고 이를 제압하던 과정에서 위협적인 충격을 반사하는 호르헤 사제의 능력이 발동한 나머지 엔진에 손상을 입었다. 이쯤이면 될까요?"

"…….."

아무 말 없이 고개를 끄덕였는데, 그래. 진짜 쪽팔려서 원. 하지만 그때는 내가 정말 제정신이 아니었다.

"알겠습니다. 이 배의 수리도 저희 행성 가이아의 정비반에서 다 감당하도록 하겠습니다. 점검에도 시간이 좀 걸릴 것 같은데, 곧 숙소를 마련해서 다시 연락드리겠습니다. 여러분, 호르헤 사제의 연행을 부탁합니다."

반장이 뒤를 향해 손짓을 하자 수행원 둘이서 구속복을 입은 호르헤 사제의 양 팔짱을 끼고는 끌고 갔지. 호르헤 사제는 언제나와 마찬가지로 말없이 자신을 끌고 가는 손길에 저항하지 않았고.

무간도 가이아루 잠입하는 데 겨우 큰 고비를 넘겼다 싶으니 긴장이 풀리더군. 일번도 내색은 하지 않았지만 집중력이 흩어진 것은 분명했어. 왜냐하면 바로 그 순간, 반장이 불시에 내지른 한마디에 그만 1초나 낭비하고 말았으니까 말이야.

"위험인물을 호송하시느라 고생이 많으셨습니다. 하지만 아시다시피 모닥불 속에 떨어진 열쇠를 줍기 위해서는."

반장의 말이 예상치 못한 순간에 끊어지자 일번의 표정이 잠깐 굳고 말았거든.

"기, 기름을…… 부어야 하는 법입니다."

반사적으로 내가 내뱉은 한마디에 일번은 그제야 상황을 파악했다는 듯이 자연스레 고개를 끄덕였어. 반장이 나름의 방식으로 우리가 신도인지 아닌지 확인하기 위해, 태모신교에 전해지는 경구라는 미끼를 던진 그 상황 말이지.

그 반장이라는 인물은 오만방자한 사람이었어. 변방의 수도원에서 온 사람들이라고 그딴 낚시나 하고 말이야. 우리가 수도원에서 온 사람이 아니었으니 찌를 던졌겠지만 그게 그 사람의 거들먹거리는 태도에 대한 변명은 될 수 없다고.

"넛츠 형제님은 참으로 신앙심이 신실하신 분이시군요. 두 분 모두 다시 한번, 싸울아비의 행성에 오신 것을 환영합니다."

16

　

"유배 목적으로만 지어진 행성 주제에 거리 한번 화려하구면."

"종단에 돈을 쏟아부은 패트론들을 위한 구역이니까요. 애초에 무간도 가이아에까지 올, 무간도 가이아에서 받아줄 패트론의 숫자도 많지 않으니 여기저기 삥땅 치기도 쉬웠을 겁니다. 태모신교의 건축양식이라 쳐도 이만큼 화려하기 쉽지 않죠."

"그래, 내가 태모신교의 건축 스타일은 좀 알지. 모를 수가 없지."

일번과 나는 수행원들이 안내한 호텔방에서 창밖을 내다보며 이런저런 넋두리를 나누었어. 정말이지 정떨어지게 호사

스러운 거리였지. 우리가 있는 구역에서 조금만 더 지나면 죽을 때까지 서로를 죽이고 증오할 싸울아비들이 지낼, 생존만 겨우 허락된 허름한 구역들이 있으니 그 대비 효과로 역겨움은 더 커지기만 했어.

우리에게 배당된 숙소도 최고급 방은 아니지만 어지간한 휴양 행성의 리조트보다도 더 고급스러운 물품들로 가득 차 있었지. 이걸 즐겨야 할지, 화를 내야 할지 모르겠더라. 하지만 일번은 나랑 달리 편한 태도로 헤드셋을 끼고는 테이블에 앉아 시간을 보냈지.

"야."

"옙, 누님."

"아까 그 흰소리는 다 뭐냐?"

"흰소리요?"

"그 횃불인지 기름인지."

"아."

모닥불 속에 떨어진 열쇠를 줍기 위해서는 기름을 부어야 하는 법. 호르헤 사제를 연행해 간 반장이 우리에게 마지막으로 던졌던 경구에 대한 질문이었어. 언제 물어보나 했더니 과연 이런 막간 시간을 이용해주시더군.

"태모신교에 전해지는 고사에서 유래한 경구입니다."

"고사?"

"옛날에 태모신교의 성인 하나가 제자들을 데리고 행성들을 돌아다니며 교리를 설파하다 겪은 일입니다. 겨울날, 그 성인은 제자들과 야영을 하고 있었죠. 해가 저물고 날씨가 점점 더 추워지자 어느 친절한 아낙네가 헛간에라도 들어가 쉬라면서 열쇠를 건넸습니다. 하지만 아낙네가 잠시 자리를 비운 사이, 그 집의 심술맞은 아들은 어디 거지들이 우리 헛간에 들어오냐면서 야영장에서 피우고 있던 모닥불에 열쇠를 던져버렸지요."

"성격 한번 좋군."

"저라도 거지 떼들이 미친 소리를 지껄이면서 밥 구걸을 하면 똑같이 할 건데요."

"알았어, 알았어. 어쨌든 그래서 그 성인이라는 사람이 모닥불에 기름을 부었다는 거군."

"그리고 불길이 거세어지자 심술맞은 아들은 겁에 질려 도망을 가고, 연기가 멀리까지 피어오른 것을 보고 무슨 일인가 궁금해진 아낙네가 야영장으로 돌아와 사건의 전말을 듣고는 급구 사과를 하며 융성하게 접대했다는 이야기입니다."

"도대체 무슨 고사가 그래? 그냥 그 성인이라는 놈이 성격 더러워서 자기 재워준다는 집 아들이 까부니까 행패 부렸다는 게 전부잖아?"

"적이 자신을 방해하려고 하면 막지 말고 오히려 더 힘을 보태 균형을 무너뜨리라는 전략적인 교훈으로 쓰일 때도 있고, 문제가 생겼을 경우 주변에 알리기 위해 힘쓰라는 교훈으로 쓰일 때도 있다고 합니다. 아마 그 반장이라는 인간이 우리에게 그 말을 건넨 건 후자, 즉 우주선의 고장은 물론이고 이런저런 불편함이 있으면 빨리 알려달라는 의미였을 겁니다. 그리고 당연히 아시겠지만."

"우리가 잠입한 것은 아닌지 의심해 시험했다는 거겠지. 체. 만점짜리 통과는 아니었네. 내가 대꾸를 못 했으니."

일번은 김샜다는 표정으로 혀를 차고는 헤드셋을 고쳐 썼어. 뭐, 그 시험에 통과하지 못했다고 불이익을 주지도 못했을 텐데 말이야. 신도인지 아닌지 떠보는 질문으로 그렇게까지 의미 있을 이야기도 아니었고.

"그런데 넌 그 고사라는 걸 어떻게 그렇게 잘 아냐?"

"호르헤 사제님이 말씀해주셨거든요."

"어쩐지 그 아저씨랑 그렇게 죽어라고 붙어서 지내더니. 처음에는 아저씨가 불편하다 싫다 노래를 부르더니만 이제는 아주 열성 신자가 다 되셨네?"

"호르헤 사제님은 썩 괜찮은 분이시라고요. 누님도 사제님의 신앙론 강의를 한번 들으셔야 했는데."

"됐다."

그 괜찮다는 사람이 조만간 처할 상황도 떠올라 기분이 좀 안 좋더라. 이제 곧 양팔이 잘리는 거완형에 처할 테고, 행성 가 이아로부터 철견을 하사받아 죽이고 또 죽이는 그 살육의 굴 레에 던져졌으니. 아니, 사제님 성격이라면 당장 바로 다음 싸 움에서 죽어버릴지도 모르지. 그걸 원해서 종단이 현상수배를 건 것일 테고.

아니. 또 모르지. 사제님은 수련하던 시절 능력의 단점을 메우려고 관절기를 죽어라 연습했다고 하더라고. 어차피 대 부분의 퀑 능력은 반사시킬 수 있는 퀑이었으니 그물이나 덫 같은 종류의 포획용 도구나 관절기 종류의 공격에 대한 대처 를 집중적으로 해야 했다는 거야. 그러니 그 특유의 궤변적인 논리로 자신이 싸울아비로 살면서 무간도 가이아에 봉사할 철학만 세운다면 투견장에서 사제님은 제법 매서운 활약을 할지도 모르지.

"얘. 잠깐 닥쳐."

"옙."

—……는 몇 구역으로 가지?

—5구역으로 책정받았습니다.

―잘 모시도록 해요.

"쉿."

일번은 방금 띄운 스크린을 내 앞으로도 돌렸어. 화면에는 어떤 영상도 없이 누군가의 목소리만 들리고 있었지. 일번은 헤드셋을 벗고 스크린의 음량을 높였어. 처음에는 잘 익지 않았지만 조금 더 대화를 듣고 보니 누구의 목소리인지 알겠더군. 우리를 방금까지 안내했던 이 구역 반장의 목소리였어.

운이 좋았다는 생각에 일번이 슬쩍 웃더군. 애초에 호르헤 사제를 인도할 때 일번의 능력으로 책임자의 옷 단추와 도청기를 바꿔치기하는 것이 우리의 첫 번째 작전이었는데 구역 반장이 몸소 찾아왔으니 기분이 째질 수밖에.

유배 행성인 만큼 도청기로만 만족해야 했지. 영상마저 송출하면 데이터 크기도 그렇고 기계의 정밀성 때문에 발각되기가 쉽거든. 요즘 시대에 음성데이터야 잠깐 송출이 튄 정도로도밖에 여기지 않을 테니 도청기는 우리가 시도할 수 있는 상한치의 모험이었어.

―호르헤 예비 견자님을 데려온 수도원분들은 어때요? 숙소에 남아 있나요?

―예. 변경 행성의 수도원에서 온 촌사람답게 조용합니다. 게오르그 필터로 봐도 대단한 큉은 아니었습니다.

152

—긴장 풀지 마세요. 호르헤 예비 견자님은 백사회의 추격도 뿌리친 적이 있는 분이십니다. 그런 분을 생포했다면 분명 무언가가 있을 거예요.

—……죄송합니다, 반장님.

우리는 소리를 죽여가며 낄낄 웃었지. 그래, 분명 무언가가 있었으니까. 보통 놈들도 아니었고. 호르헤 사제님과 일대일로 겨룬 것은 아니었지만 감옥 행성 하나를 상대하기도 했었으니까. 자부심 좀 가져도 좋을 수준이지.

다만 걱정인 것은 잘나신 이 몸들 게오르그 필터에서 과도하게 파장이 날뛰는 바람에 의심을 사는 것이었겠지만 이 행성에 도착하기 전 이미 약 한 알을 챙겨 먹어서 잠깐 파장을 잠재운 덕분에 그럴 문제도 없었어.

—그분들의 우주선은 수리하는 데 얼마쯤 걸릴까요?

—하루라고 생각했는데 이틀은 더 걸릴 것 같습니다. 변경 행성 출신답게 모델이 꽤나 낡아서 일단 저희 작업장의 부품과 호환이 안 되는 부분이 많습니다. 게다가 정말 절묘하게 엔진이 나가서, 새로 갈기는 아깝고 고치려면 번거롭고 하여튼 전체적으로 애매한 상황입니다.

—최대한 서둘러주세요. 패트론도 아닌 외행성분들이 사육제 직전에 이렇게 오래 계시는 것도 상부에서 눈치가 보이

는 일이니까요.

일번은 조용히 오른 엄지를 치켜 올렸어. 정말이지 내가 엄청 공들여서 망가뜨린 엔진이었거든. 도대체 어디를 어떻게 부숴야만 정비반에서 곤혹스러워할까, 바로 엔진을 교체해서 우리를 쫓아내게 하지 않으려면 어떻게 할까 고심하고 또 고심해서 부순 것이었다고. 거기다 대체품을 찾기도 어렵게 아주 낡은 V-73식 엔진이었다고.

물론 그런 고장 난 엔진으로 8우주를 가로지를 셈은 없었어. 내가 미리 망가뜨린 엔진의 부품을 평면 전환으로 갖고 있다가 대기권에 돌입할 무렵에 일번이 질량등가치환으로 잘 돌아가던 엔진의 부품과 맞바꾸어서 위험을 최대한 줄였지.

기압 때문에 문제가 커지지 않을까 걱정하기는 했는데 만약 그랬더라면 엔진 불시착이 아니라 구명정 탈출로 작전이 바뀌었을 거야. 그렇게 되었을 경우 우주선을 새로 빌려주거나 행성 간 순간이동 큥을 붙여주거나 하는 식으로 우리는 재빠르게 무간도 가이아에서 쫓겨나고 말았을 거고.

―그렇게 말씀하실 줄 알고 특별한 방으로 모셨습니다.

―특별한 방이면?

―CCTV로 상시 녹화 중입니다. 개미가 재채기하는 모습과 소리도 영상에 남을 정도입니다.

─알겠습니다.

일번의 표정이 아주 얼음장처럼 차갑게 굳더군. 그래. CCTV로 상시 녹화 중이라. 굳을 수밖에 없었지. 생각해보라고. 무간도 가이아라는, 8우주에서도 악명 높은 컬트 교단이 지배하는 유배 행성에 도둑질을 하기 위해 숨어든 단 두 사람이 이제까지 떠든 작전이 얼마고 보인 불경이 몇 개인데.

이 모든 상황들이 고화질에 고음질 CCTV로 다 그 싸이코들에게 넘어갔다고 상상해보라고. 굳지 않고 배기겠어? 결국 일번은 망했다는 표정과 함께 나를 향해 왼 엄지마저 들어 올렸어.

"하, 새끼. 진짜 네 말대로 굴러가네. 니 이야기 안 듣고 오자마자 해킹된 CCTV로 갈아 끼우지 않았으면 진짜 큰일 날 뻔했겠다."

"한 건, 했습니까?"

"한 건, 했습니다."

상상에 그친 게 어디야. 어쨌든 그때까지는 작전 한번 잘 굴러가는 것처럼 보였어.

17

"문이 잠겼는데, 제가 찢을까요?"

"무식하긴. 봐봐."

일번은 손 위에 플라스틱 카드를 한 장 올려놓았어. 그리고 그 카드는 순식간에 마술처럼 호텔의 마스터키로 바뀌었지. 정말이지 일번의 질량등가치환만큼이나 좀도둑질에 어울리는 기술도 없을 거야. 어디에 놓여 있는지만 알면 손안에 들어오는 사이즈의 모든 물건이 다 말 그대로 자기 손아귀에 들어오니까.

나는 휘파람을 불며 감탄을 표했어. 공간과 관련된 계열의 능력들은 대부분 주변 공기도 빨아들이기 때문에 약간의 파열음이 나기 마련인데 일번의 기술은 너무나도 부드럽게 진행되는 나머지 정말 집중하지 않고서는 눈치채지 못하거든.

문이 바로 열리고 확 트인 풍경이 보였어. 우리가 지내던 호텔의 옥상이었지. 그냥 정문으로 나가면 우리가 어딘가로 움직인다는 것이 탄로가 나잖아. 그러니 우리의 잠입 루트는 필연적으로 옥상밖에 없었지.

"오번. 물건 꺼내자."

"옙, 누님."

나는 지갑에서 얇은 종이 몇 장을 꺼냈어. 정확히 말해 종이는 아니지. 2차원 평면 공간에 숨겨놓은 도둑질용 도구들이지.

"게오르그 필터 무력화 선글라스도 꺼낼까요?"

"아니. 그건 어차피 여기서 못 써."

"정말요? 다 챙겨 왔는데."

"보안 주파수가 달라. 애초에 선글라스마저 쓸 수 있었으면 이렇게 발로 뛸 것도 없이 사번을 데리고 오지 않았겠냐?"

"하긴."

"그러니까 작전대로 꺼내기나 해. 기술은 최소한으로만 쓰면서 움직일 거야."

순서대로 정리해놓은 덕분에 딱히 헤매지도 않고 필요한 물건을 꺼냈어. 일정 이상의 압력만 받으면 해제가 되도록 설정했으니 능력을 군이 쓸 것도 없었지. 그리고 이 철두철미한 작전을 위해 내가 몸소 준비했던 물건은 바로…….

"널빤지?"

그거였다. 아니, 이런 작전일수록 원시적인 물건을 쓰는 편이 좋다고. 괜히 고성능의 전자기기를 쓰다가 역탐지라도 당하면 안 되잖아. 그저 특수 가공된, 무척이나 가볍지만 튼튼한 널빤지를 건물과 건물 사이에 교량으로 놓고 건널 작정이었어.

물론 건물과 건물 사이의 거리가 너무 멀 경우를 대비한 특수 제작품이기는 했지. 만약 널빤지 길이가 모자랄 경우 단기간이나마 공중에 떠 있도록 설계된 물건이었어. 한 장 놓고 건넌 다음 다시 한 장을 놓고 건너고 방금 한 장은 회수하는 식으로 쓸 수 있도록 말이야.

작전 입안 당시에는 아예 에어 스쿠터를 하나 챙겨 가자는 이야기도 나왔지만 고민 끝에 그냥 도보로 움직이기로 결정했지. 너무 빠른 속도로 움직이면 위성에 우리 움직임이 잡히기 쉽거든. 게다가 스쿠터는 소리도 나고. 그냥 두 발로 걷는 편이 속이 편해.

"구역 경계까지는 얼마를 더 가야 하지?"

"옥상 위로 직진 거리니까 10분이면 충분합니다. 호텔이 도심에 있는 편이 아니었거든요."

"그렇다고는 해도 참 을씨년스러운 거리야."

아닌 게 아니라 밤하늘의 별이 좀 기분 나쁠 정도로 무수하게 빛나고 있었어. 아마 광해(鑛害)가 적기 때문일 거야. 이놈의 미친 별, 사람을 가둬놓고 사느라 구역 전체가 무슨 하나의 수도원 같아. 어디서는 투견 도박으로 온갖 향락이 펼쳐지는 와중에 어디서는 이렇게 경건하다니, 기분 나쁜 곳이라니까.

우리가 무간도 가이아에 착륙한 구역은 바로 3구역. 투견들이 지내는 곳도 관리자들이 지내는 곳도 아닌 외부 인사들이 머물도록 설계된 거리였어. 일반적인 도시를 떠올리면 안 되지. 계획적으로 움직이는 거주 구역이고, 패트론급의 지위는 갖지 못한 순례자나 용역들을 비롯한 방문객들을 위한 곳이니까. 말 그대로 잠만 자는 곳이지.

목표물인 신의 씨앗이 심어진 구역은 0구역이었어. 특급 대외비의, 성전이자 연구소가 숨어 있는 구역. 경계는 험악하지만 나와 일번의 능력을 잘만 쓰면 뚫는 게 아주 불가능할 일도 아니었어.

검은색 옷을 입어 주변에 자연스럽게 녹아들었다고는 생각하지만 그래도 떨리는 건 어쩔 수 없더군. 누구한테 들키기라도 하면 도망치기도 힘든 옥상이니 잘못하면 적수공권으로 철견이든 관리자든 수호 사제 출신의 추격대에게든 포위당할 터였으니까. 하지만 일번은 내 마음을 아는지 모르는지 마실 나온 기분으로 천하태평이더군.

"오번아."

"옙, 누님."

"세상에는 똑똑한 도둑과 멍청한 도둑이 있다. 그거 아니?"

"모르는데요."

"새끼 하여튼 아는 것 참 없어. 그럼 똑똑한 도둑은 어떤 도둑이고 멍청한 도둑은 어떤 도둑이게? 내가 가르쳐주기 전에 일단 한번 맞혀봐."

일번은 어쩜 그렇게 잘생긴 얼굴을 하고서 이렇게 뭐 없이 말하는지. 이 사람 아무래도 미인에다 능력 좋다는 이유만으로 너무 많은 것을 누리고 살아온 게 아닌가 싶더라. 그러니 저렇게 재미없는 농담을 더더욱 재미없게 던지고 그러는 거 아니겠어? 나는 긴장을 누그러뜨리지 못하고 주변을 살피면서 빠르게 대답했지.

"똑똑한 도둑은 물건을 잘 훔치는 도둑이고 멍청한 도둑은 물건을 못 훔치는 도둑이겠죠."

"완벽해."

"그야 당연한 이야기잖아요."

"완벽한 오답이야."

"누님……."

일번은 거들먹거리면서 훈수를 이어나가더군.

"물건을 잘 훔치는 도둑은 도둑질을 끊지 못하지. 본인도 그렇고 주변도 그렇고 도둑질을 끊지 못하게 계속해서 압박이 들어와. 그러니 어쩌겠어. 계속해서 도둑질을 하는 수밖에. 하지만 어디 도둑질이 사회생활에 도움이 되는 일이던? 나이 먹고 손은 무뎌지는데 밥벌이 할 일이 이 일밖에 남지 않아서 어설프게 붙잡고 있다가 어디 붙잡혀서 객사체로 발견되지나 않으면 다행이지. 그러니 물건을 잘 훔치는 도둑은 멍청한 도둑이야."

"누님 말씀에 따르면 그럼 똑똑한 도둑은 물건을 못 훔치는 도둑이겠네요. 어디 도둑질하기 전에 패가망신해서 객사는 못 하고 아사만 하는 선에서 인생을 마무리할 테니."

"바로 그거야."

도둑들 격언인가? 뒷골목 사람들은 어쩜 그리 뻔뻔한지. 일번은 낄낄 웃으면서 진심으로 재미나지 않느냐는 식으로 내 반응을 보챘어. 아니, 이 인간 정말 왜 이럴까 싶더라고. 목숨을 걸고 미치광이 종교 집단의 유배 행성에 숨어든 주제에 어쩜 그렇게 유들거리는지.

"그러면 누님은 똑똑한 도둑이십니까, 멍청한 도둑이십니까?"

"새끼. 알면서 모르는 척하기는. 나야 세상 멍청한 도둑이지. 뭘 훔쳐야 하는지 빤히 알면서도 애꿎은 물건들이나 훔치고 앉았으니."

"왜 또 신세 한탄이세요."

"오번아."

"옙."

"이번 일 마치고 돌아가면 똑똑한 도둑이 되라."

"무슨 유언같이."

"어디까지나 살아 돌아갔을 때의 이야기야."

"어렵겠지만요."

그 순간 소름이 쫙 오르더군. 맞아. 마지막 말은 나나 일번의 말이 아니었어. 결코 착각할 수 없는 목소리였지. 그 냉혈한의, 성격 더러운 티를 결코 감추지 못하는, 까칠한 목소리.

우리를 처음 맞이했던 반장의 목소리와 함께 눈이 멀 것만 같은 강렬한 빛의 조명이 사방에서 켜졌어. 완전 포위. 그것도 진압용 특수 장비 풀세트를 착용한 철견들한테.

"누님…… 제가 뚫어보겠습니다."

"멍청한 소리는 그만하고. 거기 언니? 항복이야."

"현명한 선택입니다."

그 반장이라는 사람, 정말 대화하기 피곤한 타입이야. 일일이 성격을 긁더라고. 뭐 이렇게까지 열세인 상황에 성격을 긁든 뜯든 내가 할 수 있는 일은 아무것도 없기는 했지. 일번은 천천히 양손을 들어 저항의 의사가 없음을 보여줬고, 나도 일번의 뒤를 따랐어. 반장은 우리의 그런 모습을 보고는 픽 하고 웃더군.

18

암흑암흑암흑암흑. 추락추락추락추락. 달가운 감각은 아니더군. 사실 그때 내가 있던 그 장소가 어두운 것은 맞았지만 나는 딱히 낙하하는 중은 아니었어. 그보다는 중력의 상실이라고 말하는 편이 더 정확하겠지.

그 표독스러운 반장과 철견들은 나와 일번을 사물 큉 감옥에 던져놓았어. 그 공간은 정말로 아무것도 없어서, 빛도 열기도 소리도 없이 모든 오감을 박탈당해야만 했지. 나는 그 감옥에 갇히고 나서야 내가 이렇게나 시끄러운 생물이라는 것을 실감했어.

심장 박동. 숨소리. 피가 혈관을 타고 흐르며 나는 맥박. 이 모든 것들이 나를 미치게 만들었어. 약간이라도 몸을 들썩이면 그 소리가 그렇게나 거슬리는데, 그렇다고 아예 몸을 딱딱하게 굳히고 평생 있을 수 있는 것도 아니고. 정말이지. 죽을 것만 같더군.

"에라이."

너무나도 견딜 수가 없어서 내 입으로 아무 소리나 내보았어. 하지만 메아리조차 들리지 않더군. 벽조차 없다는 얘기겠지. 하긴, 바닥도 없이 기묘한 부유감에 멀미가 날 지경인데 벽이라고 있겠어?

무간도 가이아의 보안 관계자들은 사육제 준비로 워낙 정신이 없었기 때문인지 우리를 제대로 취조하지도 못한 채 이 큉 감옥에 던져놓고 볼일을 보러 가더군. 게오르그 필터로 다시 검사를 해봐도 이 사물 큉 감옥을 뚫을 정도의 큉이 아님을 확인했으니 놀랄 일은 아니지. 기억을 읽어봐도 중요한 이야기는 악덕의 상자에서 하거나 암호로 해서 정말 면밀히 읽지 않고는 정보를 뜯어낼 수 없겠다는 계산도 있었을 거야.

"으아아아! 죽어라! 영감탱이! 으아아아!"

계속해서 소리를 질렀지. 목이 아파서 소리를 지르기 어려워졌을 때는 짝짝짝 박수를 쳤어. 그렇게라도 해야 내 심장 박동 소리를 듣지 않을 수 있었거든. 정말이지, 이렇게 괴로울 줄 알았다면 진즉 내 심장을 기계식으로 교체했을 거야.

165

"아, 거 시끄럽네!"

"누…… 크흡, 흡. 누님?"

"그래. 나다."

"도대체 어떻게?"

처음에는 내가 미친 줄 알았지. 당연하잖아. 나는 분명 사물 큉 감옥 안에 갇혀 있었으니까. 일번이 나랑 같은 방에 던져진 것도 아니었으니 그 사람의 목소리가 들릴 수는 없었다고. 하지만 그 목소리는 분명 일번의 목소리였어.

"사물 큉이니 뭐니 하더라도 결국 큉이잖아? 너나 나도 공간을 다루는 큉이고. 사물 큉 감옥이 물리적인 벽으로 나뉜 게 아니라 관념적으로 분리된 거면 훈련 여하에 따라 그 경계는 얼추 뭉갤 수 있어."

"그러면 이 밖으로 나갈 수 있다는 거죠?"

"아니. 그건 하이퍼 큉에 콤비네이션 기술까진 쓸 수 있어야 할 것 같은데."

"그러면 이 상황을 타개할 방법은?"

"없지."

"그러면 뭐 하러 제가 갇힌 곳을 찾아내신 건데요?"

"나 심심해서."

젠장.

* * *

"너 말이다. 이 행성에 오고 난 뒤부터 상태 안 좋다."

"언제는 누님 눈에 제 상태가 좋아 뵌 적이 있기나 했습니까."

"그건 그런데 지금 특히 안 좋아."

일번의 표정을 볼 수 있었으면 좋았을 텐데. 빛이 없으니 얼굴은커녕 모습조차 찾기 어려웠지. 다만 공기의 진동과 소리가 들리는 방향으로 아마 저쪽의 어딘가에 있으리라는 짐작 정도만 할 수 있었어.

어쨌든 일번과 대화를 할 수 있게 된 뒤로 내 심장소리 때문에 미칠 것 같은 시간은 끝이 났지. 정말 쓸데없는 이야기들밖에 한 게 없었지만 그래도 도움은 됐어. 저 사람은 불안하지도 않은 건지. 목소리에 약간의 흔들림도 없이 스몰토크의 연속이라 덩달아 나도 긴장이 조금 풀리더라고.

"과거의 원수들을 만나서 몸이 달아오르는 건 이해하겠는데, 그래도 분별을 잃지는 마. 똑똑한 도둑이 되라고 했잖아."

"복수는 옳지 않다 뭐 이런 이야기를 하시는 거라면 사절하고 싶은데요."

"뭐? 복수가 왜 나빠. 복수는 좋은 거야. 사람이 원한만 남

167

으면 안 되지. 앙갚음으로 앙금을 지워야지. 네가 겪은 건 가족과 친구들의 죽음이잖아. 그것도 지역 단위의 죽음이라고."

일번의 목소리와 어투는 가벼웠지만 진지하지 않은 것도 아니었어. 아마 이 사람의 성격인 거겠지.

"사람들은 자신을 위해 도둑질을 하는 누군가에게 화를 내고는 하지. 하지만 자신을 위해 도둑질조차 하지 않는 누군가에게는 더 화를 내. 아니, 그보다 더 하지. 화조차 낼 필요 없는 아무것도 아닌 사람으로 여기니까. 애초에 도둑질도 하지 않고 그 사람을 위해줄 수 있다면 둘 다 행복하겠지만 세상일이 어디 그렇게 만만한가? 우리 같은 놈팽이들에겐 더더욱 그렇지. 우리는 언제라도 아무것도 아닌 사람이 될 대기 번호 1순위들이야."

"수녀를 사랑하는 사람의 입에서 나오는 말이라서 그런지 신빙성이 있네요."

"시끄럽고. 나는 어쨌든 산 사람을 위하지만 넌 죽은 사람을 위하잖아. 나는 수녀님에게 아무것도 아닌 사람이 되는 게 싫어. 그래서 골칫덩이로 남았지. 하지만 최소한 나는 그 사람에게 내가 어떤 사람인지 확인할 수라도 있는데 너는 그렇지도 않잖아? 네가 너를 사랑한 사람들에게, 네가 위하고 싶은 사람들에게 어떤 사람인지 확인할 수 있는 사람은 너뿐이잖아? 그리고 그 확인할 수 있는 유일한 방법은 복수뿐이고. 그런 사람에게 복수를 관두라고는 하지 않아. 멍청한 소리니까."

나는 아무런 대답도 하지 않았어. 내가 입을 다물자 일번도 조금 말을 고르더군.

"내가 전에 주완 그 자식 이야기를 해준 적 있었지?"

"옙. 친구분이고 퀑 딜러 일을 하신다는."

"그 녀석의 퀑 능력을 통한 성격 진단법도 기억하냐? 퀑의 능력은 그 사람이 어떤 상황에서 하나의 선택지를 마주치고 그 선택을 한 경험이 중첩되면 그 사람의 경향으로 이어지게 된다. 그러니 퀑의 능력과 각성의 계기를 알면 그 성격도 보인 다는 거."

"흥미로운 내용이기는 했죠."

"그리고 이 가설에는 2부가 있어. 주완도 확신하지 못하면서 했던 말이기는 해. 각성의 계기에서는 과거를 읽을 수 있어. 그 사람이 원한 것이지. 퀑의 능력에서는 현재를 읽을 수 있어. 그 사람이 갖게 된 것이야. 미래는 무엇일까? 그 사람이 잃게 되는 것이라는 거야."

"잃게 되다니요?"

"예시를 들어보지. 사번을 봐. 그놈은 어릴 적에 푼돈을 빌렸던 깡패들한테 쫓기다가 순간이동 능력을 깨우쳤다더군.

순간이동 계열들은 좀 그런 면이 있어. 현실도피를 원하는 놈들이지. 도망치길 원하고."

"말은 되는 것 같은데."

"말 된다니까. 어쨌든. 사번이 순간이동이라는 힘을 얻는 대가로 잃은 것은 무엇일까? 그건 바로 신중함이야. 아무리 골치 아픈 상황에 처해도 도망치면 장땡이라는, 아주 몹쓸 버릇이 들고 만 것이지. 게다가 골치 아픈 상황 자체가 주는 스릴에서 뿜어져 나오는 도파민에조차 중독이 되고 만 거야. 그리고 이런 경향은 그놈이 마약중독자가 되는 길에 아주 액셀을 즈려밟는 결과를 가져다주었지."

일번 눈에는 보이지도 않았겠지만 나는 고개를 끄덕이고는 팔짱을 낀 채 손으로 턱을 괴어 사번에 대한 진단을 내렸어. 행성 아카에서의 미친 탈주극이 떠오르더라고. 상황이 순탄하니 아예 골치 아픈 상황으로 몰아버렸던, 아주 끔찍한 기억이었으니까.

"질량등가치환도 마찬가지야. 단점이 있어. 남의 것을 쉽게 빼앗지. 하지만 너무 쉽게 모든 것을 얻다 보면 애착을 갖지 못하게 돼. 내가 잃은 것이 바로 그거야. 내 것이 되면 금방 질려버려. 그래서 나 같은 종자들은 언제나 금기에 끌리지. 남의 것, 내가 가질 수 없는 것, 가져서는 안 되는 것. 그런 것이 아니라면 난 언제든 뭐든지 가질 수 있으니까."

"수녀님은 그런 지위를 떠나서도 좋은 분이 맞아요."

"알아. 하지만 나는 내가 수녀님이 성직자의 길을 고르신
이유 중 하나일지도 모른다고도 의심하고 있어. 수녀님은 어
릴 적부터 나를 알고 계셨고 내가 어떤 것에 끌리는지도 너무
나 잘 알고 계셨으니까."

정말이지 정떨어지는 상호 짝사랑의 세계라니까.

"차원전환자들은 질량등가치환자들과 비슷해. 수집가들이
지. 하지만 질량등가치환자들이 자신을 위해 남의 것을 빼앗
을 때 차원전환자들은 남을 위해 자신의 것을 바쳐. 내가 남에
대한 애착을 잃는 대신 너는 자신에 대한 애착을 잃기가 쉽지.
너 말이다. 복수는 좋아. 하지만 복수에 휘둘리지 마. 네가 잃
은 이들을 애도하기 위해 너의 모든 것을 바치지 마. 고상한
이유 때문에 하는 말이 아니야. 그저 복수가 실패하는 가장 빠
른 길이 복수에 휘둘리는 일이기 때문에 하는 말이야."

"어떻게 사람이 원수 앞에서 차분합니까."

"너에게 이곳은 통과점이잖아? 무간도 가이아의 철견은 네
진짜 적이 아니야. 니가 여기 온 목적은 네 가족을 묻은 사제들
의 정보를 찾아내는 거고, 니가 노려야 할 궁극적인 목적은 네
가족을 묻은 사제들을 찾아서 묻는 거라는 걸 잊지 말라고."

"……유념하겠습니다."

"그 즈등이믄 슨 긋들이 금윽에 근혔싸드 느블느블느블 나플을 볼그 읏았네?!"

빛. 어둠. 추락. 갑자기 위쪽에서 내리쬐는 밝은 빛에 그만 눈을 감고 말았어. 그리고 사물 큉 공간 특유의 무중력에서 벗어나 실재하는 땅바닥에 그만 엉덩방아를 찧었고. 하지만 삼번의 그 날카로운 호통이 그렇게 반가울 수가 없더군.

"이모!"

"듫고 흐뜩흐뜩 인나고!"

19

감옥 안에 갇혀서도 안심하고 수다를 떨었던 것에는 다 이유가 있었지. 아무리 배짱 좋은 도둑이라고는 해도 감옥에 갇히자마자 인생 상담을 시작하려면 그만한 뒷배가 있어야 하는 법이니까. 그리고 우리의 뒷배는 바로 언제 어디에서나 가장 든든한 인물, 삼번이었어.

삼번은 이번에도 또 어디서 구했는지 모를 청소부 복장을 하고서는 일번과 나를 사물 큉 감옥으로부터 꺼내주었어. 어느 행성의 어느 지역의 기밀 건물이라도 청소부는 있다 이거지. 드론 청소기를 믿기에는 해킹의 위험이 많다는 거야. 하지만 그 위험을 걱정하는 놈들은 유니폼만 입었다면 누구도 신경 쓰지 않는 그런 존재가 되는 사람들의 삶이 있다는 걸 상상도 하지 않을 거야.

"역시 이모가 최고야. 오면서 누구 걸리지는 않았고?"

"느기 느 극중 멜그 느 극중이나 히라."

"누님들, 시간이 없으니까 슬슬 준비하지요."

"맞다. 이모, 갖고 왔어요?"

"으야."

삼번은 품에서 종이 한 장을 꺼내 나에게 건넸어. 그래. 잠입에 필요한 진짜 도구들은 다 차원전환을 해서 이 종이 안에 담고 삼번이 챙기도록 해놨거든.

우리는 복도로 나가 구석에다 내가 미리 차원전환으로 준비해두었던 벽 하나를 꺼내고는 그 뒤에 숨었어. 사람들은 의외로 일상적으로 지나는 건물에 벽 하나가 새로 세워져도 눈치채지 못하지. 한 번도 신경을 쓰지 않았던 일이니까.

내가 짐을 살피는 사이 삼번은 작업복을 벗고는 재빠르게 일전에 디자이너 공방에서 맞췄던 옷으로 갈아입었어. 민무늬의 흰색 단화도 16센티미터짜리 굽의 반짝이는 구두로 바뀌었고.

"아름다우십니다, 부인."

"일번 누이는 농도 심하셔요."

"아니, 어쩜 말투가 그리 바뀝니까?"

"닥치세요."

"죄송합니다."

"맞아, 닥쳐."

삼번은 순식간에 청소부 아주머니에서 귀족 부인으로 모습을 바꾸었지. 이건 변장 수준이 아니라 둔갑이야, 둔갑. 잠입할 때마다 차려입은 그 너저분한 작업복을 입고 20년은 더 늙어 보이는 메이크업을 했을 때와 공방에서 맞춘 드레스에 최신식 메이크업을 했을 때의 모습은 정말이지 동일 인물이라고는 상상도 할 수가 없더라니까. 장인의 솜씨였다고. 역시 사람은 기술을 배워야 해.

어쨌든 삼번은 빨리 이곳을 떠나야만 했어. 비전투 요원인 삼번이 우리 곁에 있다가 무슨 꼴을 볼 줄 알고 같이 있겠어? 삼번이 나를 보고 고개를 끄덕이자 나는 바로 삼번을 2차원 평면 공간 안에 가두어 종이처럼 얇게 만들었지.

그리고 내가 한껏 가벼워진 삼번을 건네자 일번은 질량등가치환으로 삼번이 원래 있던 고급 호텔의 마천루로 돌려보냈어. 만약 순간이동 능력자였다면 기밀 구역에 일정 이상의 질량 변동을 감수했겠지만 아시다시피 일번의 능력은 질량등가치환이었으니 그럴 걱정도 없었고. 삼번은 땅에 닿자마자 평면 공간에서 벗어나도록 설정했으니까 아마 도착하자마자 바로 탈출 준비를 시작했을 거야.

그래. 그때 삼번은 우리와는 다른 루트로, 호르도스 남작 부인으로 변장해서 무간도 가이아에 잠입한 상태였지. 우리의 의뢰인이 호르도스 남작 부인이었다고 했었지? 그러니 변장에 어려울 것 하나 없었어. 변장의 수준도 아니었지. 호르도스 남작 부인이 평소 입는 옷의 자료를 구해 디자이너 공방에 맡겼고, 호르도스 남작 부인의 경호원들을 빌렸으며 호르도스 남작 부인의 집사를 통해 무간도 가이아 방문 일정을 잡았던 거야. 호르도스 남작 부인의 묵인하에.

일번과 나도 삼번이 잠입할 때 같이 잠입하면 좋았겠지만 아무래도 문제가 많았지. 호르도스 남작 부인 정도가 되면 최중요 초대객이니 검사도 철저하단 말이야. 1구역에 들어갈 때는 3구역에 들어갈 때랑 게오르그 필터 검사의 수준이 달라. 애초에 파장을 잠재울 수 있는 일번이 아니라면 나 같은 일반 큉은 큉 경호원으로 등록되지 않은 채로 일행에 섞일 경우 아마 철견 하나가 경호를 핑계로 나를 맨투맨 감시했겠지.

"도대체 이게 무슨 난리냐. 어쨌든 산 하나는 넘겼다, 에휴."

"이 정도면 착착 맞아떨어지는 거 아녜요?"

"야, 갈 길 멀다. 긴장해라."

* * *

뒤통수를 맞은 기분이었어. 갈 길이 멀다고는 했지만 냄새
가 난다고는 하지 않았으니까. 젠장. 다들 오질나게들 싸대셨
더라고. 축축하고 서늘한 것만으로도 힘든데 그 지독한 악취
는 다시 떠올리기도 싫다.

일번과 나는 어두컴컴한 하수도를 계속해서 걸었어. 처음
부터 우리가 목표로 했던 곳은 여기였지. 3구역에서 0구역까
지 돌파하긴 어려워. 하지만 1구역에서 0구역으로 넘어가는
것만이라면 어떻게 수가 보이더라고.

1구역에 들어가기 위해선 두 가지 방법이 있었어. 하나. 귀
족과 그 수행원이라는 대우를 받으며 최고급 호텔에 들어간
다. 둘. 범죄자로 몰려서 감옥에 갇힌다. 내가 잠입과 관련된
특훈을 받았더라면 첫 번째 선택지를 골랐을 거야. 하지만 나
는 퀸 능력을 강하게 쓰는 훈련 과정만 거쳤고 약하게 쓰는
훈련 과정은 있는 줄도 몰랐었거든.

어쨌든 내 능력의 하한치가 어찌 되었든 호르도스 남작 부
인은 최대한 자신에게 의심이 가지 않을 잠입 방식을 원했어.
그러니 결국, 삼번은 귀족으로 대우를 받으며 들어왔고 일번
과 나는 범죄자로 몰려서 들어오게 되었지.

"누님. 저 안아주시면 안 되나요."

"돌았냐?"

"안은 뒤에 제 몸 통째로 확 목표 지점의 공기랑 치환하시는 거예요. 그러면 이 냄새 더 맡지 않아도 되고 누님은 치환된 맑은 공기 마시면서 오시고."

"니 몸뚱아리 들 능력도 없고 그렇게 큰 질량을 정확히 옮길 자신도 없고 그 질량이 바뀌는데 감시위성이 못 잡아내게 할 자신도 없다."

"하지만 여기 냄새 너무 구려요."

"니 아가리에서 나는 냄새보다는 덜하니까 싸물자, 응?"

아마 감시위성이 없다면 사번을 데려다가 진작 순간이동으로 움직였겠지만 어디 이런 유배 행성에 감시위성이 한두 개 있겠냐고. 그때 우리가 있던 곳이 하수도 안이었으니 어느 정도 자유롭게 움직일 수 있었지만 확실히 큰 질량을 멀리 움직일수록 우리가 있는 곳을 들킬 가능성이 높았어.

미친 척하고 사번이 능력을 쓰게 하면 딱 한 번 가고 싶은 곳에 도착은 할 수는 있었을지도 몰라. 할 수는 있겠지만 그 순간 곧장 온갖 철견들이 몰려와 아주 사번과 우리를 박살을 내놓을 테니 그럴 수는 없었던 거야.

"야. 길 막혔다."

"옙. 기다리십쇼."

나는 일번의 지시에 따라 우리가 마주한 벽을 평면으로 전환시켰어. 잽싸게 그 사이를 지난 후 평면으로 전환시켰던 벽을 다시 원상복구해서 흔적을 지웠고. 당연한 이야기지만 무간도 가이아의 도시를 기획한 놈들이 멍청하게 하수도만을 통해 구역을 넘나들 수 있도록 설계를 하지는 않았지. 그저 나처럼 어떤 종류의 벽은 벽이 아니게 만들 수 있는 큉마저 염두에 두지 못했을 뿐.

냄새만 빼면 모든 것이 순조로웠어. 그렇게나 많은 잠입용 도구들을 평면으로 전환해서 가져왔는데 하필 가스 마스크를 챙기지 않았다는 것에 짜증이 났지만 8우주에서 가장 험악한 동네의 최고 기밀 지대에 들어가기 위한 대가로는 싼 편이었지.

걷고. 가두고. 지나고. 풀고. 걷고. 가두고. 지나고. 풀고. 걷고. 가두고. 지나고. 풀고. 걷고. 몇 시간이나 사물 큉 감옥에 갇혀 있다가 나왔는데 또다시 몇 시간이나 하수도 밑을 행군해야 했으니 진이 다 빠지더군. 다시 한번 불평을 할 겸 입을 열까 하는 찰나, 다행히 일번의 스크린이 켜지면서 말을 꺼낼 필요가 없게 되었어.

"알람이 울린다. 도착했어."

일번과 나는 곧 어렵지 않게 위로 올라가는 사다리를 찾을 수 있었지. 목적지에서 가장 가까운 맨홀로 통하는 사다리였어. 무거운 뚜껑을 간신히 열고 밖을 나서자, 어둡디어두운 밤하늘이 우리를 맞이했지.

아마 고귀하신 양반들은 평소와 마찬가지로 높은 곳에서 아랫것들을 깔보고 자신들의 보물을 이런 곳에 감추었겠지. 하이퍼 퀑이나 특수부대가 쳐들어와도 막아낼 수 있도록 이 행성의 구역들을 설계했을 거야.

하지만 우리 아랫것들은 아랫것 나름의 길이 있는 법이지. 결국 쓰레기를 뒤지고 하수도를 건너면서 전인미답의 그곳에 기어코 도달하고 말았으니까. 무간도 가이아에 숨겨진 제0구역. 특수사물 퀑 공간. 신의 씨앗을 품은 성전. 바로 그곳에.

20

"악취미군."

"악취미네요."

우리 둘이 할 말은 그뿐이었어. 그 성전이라는 건물은 정말이지 미적감각이 저질인 건축가가 아무 제약 없이 폭주해서 만든 티가 나더라고. 하얗게 빛이 나는 정이십면체의, 창도 뭣도 없는 건축물이라니. 무언가 웅장한 느낌을 주기 위해 특별한 디자인을 하지 않으면 안 된다고 안달이 난, 그런 모양새였어.

아마 사전 정보가 없었더라면 기분 나쁜 조각이나 뭐 그런 걸로 생각하고 지나쳤을 거야. 우리가 지나쳤던, 그리고 다른 자료에서 보았던 태모신교 건물들의 건축양식이랑도 완전히 다른, 통일감 없는 모습이었거든. 그나마 이 성전 주위로 벽이 커다랗게 둘러져 있으니 무슨 건물이긴 건물인가 보다 싶은 분위기를 줄 뿐이었지.

"꺼내."

"이엡."

일번이 고개를 까딱 저으며 한 마디 던졌고 나는 바로 작업에 들어갔어. 작업이라고 해봤자 삼번을 통해서 밀수한, 차원 전환으로 평면 공간에 가둬놓은 사업 도구들을 꺼냈을 뿐이었지만 그래도 제법 장관이었지. 수백 개의 초소형 드론들이 기하학적인 무늬를 그려가며 열을 맞추고 지정된 장소로 퍼져나갔으니까.

"이제 누님을 중심으로 반경 10킬로미터는 저희 집입니다. 만약 드론 하나라도 신호를 보내면 그땐 타임 리미트 3분이라는 거 잊지 마시고요."

"알아, 알아. 내가 니 선배야. 내가 일번이야."

'가끔은 일번이 오번 말을 들어야 할 때도 있는 법입니다.'

오랜만에 들리는 텔레파시. 일번은 활짝 웃으면서도 수정으로 된 몸에 너무 세게 부딪히지 않도록 조심하며 이번을 껴안았어. 내가 그때 꺼낸 것은 드론만이 아니었거든. 내 능력은 밀수와 밀입국을 가리지 않는 유용한 능력이라니까.

이번을 삼번의 수행원이나 우리의 일행으로 소개해서 데리고 올까도 고민했었는데, 아무래도 자이카족의 능력이 능력인 만큼 이 사람만큼은 통과를 시켜줄 것 같지가 않더라고. 그래서 결국 무슨 소환수인 양 몰래 숨겨 와야만 했었지.

'사번은 어디 있습니까?'

'걘 안 꺼냈어. 있으면 정신 사납잖아. 어차피 감시위성 때문에 능력을 쓰지도 못할 테고. 집에 갈 때나 꺼낼 거야.'

'알겠습니다.'

이번은 대답을 마치고는 곧장 소지와 약지에서 손톱을 뽑아다 나와 일번에게 나누어주었어. 자이카족은 손톱마저도 광택이 난다는 것을 그때 처음 깨달았지 뭐야.

'안 아파?'

'아픕니다.'

'고생이십니다.'

'오번, 드론의 지휘권을 저에게 주십시오. 이후 통신 및 지휘는 예정대로 제가 맡습니다.'

'옙.'

저 성전은 수다방 같은 특수사물 큉 공간이라고 했었지. 그래서 안과 밖의 경계가 완전히 닫힌 경우에는 통신기기가 먹히질 않아. 굳이 연락을 하려면 계속해서 문을 열어놓아야 해.

하지만 사실 그것도 임시변통이거든. 왜냐면 특수사물 큉 공간답게 차원이 다중으로 중첩되었을 경우 다른 채널로 이동을 하게 되면 문을 닫았다 다시 열어야 하니까.

그러니 우리는 작전에 앞서 상호통신을 위해 두 가지 문제를 해결해야 했어. 하나. 성전의 문을 계속 열어 신호를 연결할 방법. 둘. 성전 안에 들어가서 중첩된 다른 공간으로 이동하게 될 경우에도 신호를 연결할 방법. 그리고 이 두 가지 문제의 모든 해답이 바로 이번이었지.

우선 그때 이번은 성전의 문지기가 되어서 내부와 외부의 채널이 끊어지지 않도록 막을 예정이었어. 드론들을 이용해 외부의 접근을 감시하면서. 여기까지가 첫 번째 문제에 대한 해결책이었지.

그리고 두 번째 문제에 대한 해결책은 이번이 우리에게 뽑아주었던 손톱이었어. 자이카족의 신체는 시공간의 제약을 넘어서 서로 공명하지. 특수사물 큉 공간 안의 다른 채널에 속해 있더라도 말이야. 물론 문마저 닫히면 외부와의 연락은 불가능한 게 일반 통신기기와 마찬가지지만, 채널을 넘나드는 통신수단이라는 것만으로도 해결책으로써는 충분했어.

'야, 오번. 이제 우리 구해줄 사람 없다. 아직 2차원 평면 공간 안에 가둔 사번은 내가 챙겨놨고 삼번은 귀족 부인 행세나

하다가 이따 일 터지면 바로 튈 거야. 아까까지는 일부러 잡히는 게 목적이었지만 앞으로는 아니니까 정신 줄 꽉 잡고.'

'물론입죠, 누님.'

나는 여유 있는 미소와 함께 가볍게 경례를 하고서는 뒤로 돌아섰지. 그때 내가 맡았던 임무는 성전 안에 들어가는 것이 아니라 탈출 루트를 확보하는 것이었거든. 긴장되는 순간이었지. 간신히 본격적인 실전에 돌입한 찰나였으니까 말이야.

"야, 야."

'옙, 누님.'

'작업은 끝내고 가야지.'

'아, 맞다.'

'이 새끼가 정신 차리라니까.'

육성까지 내가면서 일번이 나를 붙잡은 덕에 아직 그 자리에서 일을 다 마치지 않았단 것을 떠올렸지. 머쓱하게 웃으면서 다시 일번과 이번이 있는 곳으로 돌아가야 했어. 일번은 정말 세게 내 이마를 쥐어박았고.

'다녀오겠습니다!'

'오야.'

　　　　　　　　　　* * *

'누님. 안은 어때요?'

'짐작한 대로야. 1층이랑 2층은 사물 큐이 아닌 게 맞아. 아마 4층과 5층도 마찬가지겠지. 최중심부인 3층을 제외하고 나머지 다른 층들은 모두 이 금고의 포장지 같은 것들이었어.'

'준비한 물건이랑 비교하면 어때요?'

'비슷해. 디테일이야 당연히 다르지만. 그래도 아마 눈치 못 챌 거야.'

일번과 내가 헤어진 뒤 10분이나 지났을까. 나는 0구역의 통신망을 중단시키기 위해 보안 시설로 향하는 내내 일번과 수다를 떨었어. 작전 도중이니 스크린을 띄울 수는 없더라도 오디오만이라도 연결을 해야 했고, 만약의 경우를 대비해 계속해서 현 상황에 대해 묘사하고 정보를 업데이트할 필요가 있었으니까.

나는 삼번이 넘겨준 지도를 따라 이 골목에서 저 골목으로 계속 발길을 옮겼지만 아직 목적지까지는 제법 시간이 걸렸어. 그러니 대화를 주도하는 건 자연스레 현재진행형으로 잠입 작전을 실행하던 일번이 되었지.

이제부터는 대화 위주로 진행한다.

일번: 다행히 내부에는 감시 인원이 없군. 하다못해 CCTV조차 없어. 특수사물 큉 공간 주변이기 때문인지, 아니면 종교적인 이유에서인지는 모르겠지만 하여튼 일은 편하다.

오번: 누님이 못 찾은 건 아니고요?

일번: 내가 너니? 브리핑 때도 말했지만 신의 씨앗을 숨긴 금고는 사물 큉 자물쇠로 봉해져 있어. 그리고 이곳에 장시간 동안 있는 것만으로도 정신이 사물 큉에게 침식당해 미쳐버릴 거라고. 그런 데다 경비를 세우겠어?

오번: (콧방귀를 뀌고는) 이 미친 종교 집단이라면 얼마든지 그럴걸요.

일번: 정보대로 자물쇠는 있고. 독특하군. 이제까지 본 적이 없는 사물 큉 자물쇠야.

오번: 어떤데요? 전 평범한 사물 큉 자물쇠만 봤어서요.

이번: 대부분은 공중에 떠 있는 정육면체의 자물쇠 안에 구형의 열쇠가 숨겨져 있는 형태입니다. 하지만 이 자물쇠는 금색으로 된 커다란 정사면체의 자물쇠 네 개가 끊임없이 움직이면서 떠 있습니다. 그리고 그 안에 투명하고 작은 정사면체가 하나가 감춰져 있습니다.

오번: 다층사물 큉 자물쇠군요. 여실 수 있겠어요?

일번: 열 수 있으니까 내가 일번인 거야. 오번, 이 기회에 다층

사물 쿼 자물쇠를 여는 노하우를 알려주지.

오번: 뭔데요?

일번: (웃으며) 다층사물 쿼 자물쇠를 여는 법은 여자를 꼬시는
법과 같아.

오번: (정색하며) 세상에, 누님. 자물쇠와 열쇠의 형태를 여성과
남성의 성기에 빗대는 농담을 하실 나이는 지났잖아요. 그
럴 시대도 아니라고요.

일번: 바로 그게 여자와 다층사물 쿼 자물쇠의 공통점이지. 그
안으로 들어가기 위해서 좆이나 좆같은 열쇠가 필수적이
라는 편견을 버려야 한다.

오번: 맙소사. 그만. 세상에, 누님. 제발. 그게 조언이에요?

일번: 내가 동생 애껴서 그래. 자, 이제 본격적으로 여는 법 들
어간다.

오번: 애끼지 말지, 좀?

* * *

정말이지 일번이 다층사물 쿼 자물쇠의 정사면체를 하나하
나 해체하기까지 걸린 4분 동안 나는 세상에 이렇게나 많은
음담패설이 존재했었구나 경악할 수밖에 없었어. 그 내용과

188

그 수위 면에서 모두 저속하기 짝이 없었지. 속세라는 게 이렇게나 무서운 데야.

하지만 일번에게 가장 놀란 것은 그 음탕함이 아니라 손놀림이었어. 일번은 음탕함의 재능과 손놀림의 재능이 구분되지 않는다고 말하기는 했지만 굳이 여기서마저 디테일하게 설명할 필요는 없겠지. 어쨌든 일번이 순식간에 네 개의 커다란 정사면체 자물쇠 중 셋을 해체하고 단 하나만을 남겨놓았다는 사실이 중요한 거니까.

일번: 좋아, 오번. 이제까지 내가 가르쳐준 기초를 바탕으로 마지막 자물쇠를 열어봐.

오번: 제가요? 저는 지금 지정된 장소로 가느라 바쁜데 거기까지 어떻게…….

일번: 나한테 순서를 지시해보라고. 아까까진 다층사물 큉 자물쇠였지만 내가 얼추 해체해서 남은 과정은 이제 일반사물 큉 자물쇠와 크게 다르지 않으니까.

오번: (당황하며) 아, 젠장. 진짜. 누님.

일번: 해. 틀리면 내가 지적해줄 테니까.

오번: 일단…… 가볍게 손을 대고는 관념 파동을 측정합니다.

일번: 너 여자 보면 일단 가볍게 손을 대냐?

오번: 누님, 부디. 누님.

일번: 됐고, 다음.

오번: 파동에서 함정에 의한 저항이 느껴지지 않으면 공간을 흔듭니다.

일번: 골키퍼 없다고 골 들어가는 거 아니다.

오번: 어…… 다음으로는 사물 큉과 제 능력의 동기화를 시도합니다.

일번: 오, 저돌적. 아주 혼인 증명서를 떼자고 하지 그러냐. 더 해봐.

오번: 동기화가 되면 문을 열면 되고, 동기화에 실패하면 자물쇠 주변의 일대와 동기화를 합니다. 물컵에 사탕을 넣어서 살살 녹이는 것처럼 제 파동과 자물쇠의 파동을 맞추고요.

일번: 무슨 자물쇠를 여는데 그런 큰 공사를 벌여? 아주 여자한테 행성을 갖다 바칠 놈이구먼. 야, 그러면 여자가 부담 생겨서 도망가.

오번: (성질을 부리며) 어휴, 누님! 그만합시다!

일번: (정색하며) 너 입사 시험 때 기억 안 나냐? 클럽에서 결국 여자한테 입장 팔찌 뺴돌리는 거 못해서 애먼 아저씨한테 토하고 훔쳐 왔잖아. 이제 내 밑에서 수련을 쌓았으면 좀 더 나아진 모습을 보여줘야지.

오번: 여자를 사물에 비유하는 것도 사물을 여자에 비유하는
　　것도 옳지 않은데 누님이 자꾸 그러시면 제가 당황해서
　　이상한 말이나 하잖습니까?! 이러다 작전 다 조지겠네요!

일번: (유쾌하게 웃은 뒤) 맞아. 그게 정답이지.

오번: 아, 그렇다고요.

일번: 하지만 다층사물 큉 자물쇠와 여자 사이의 공통점이 아
　　주 없진 않아.

오번: 뭔데요.

이번: 일번이 그 두 가지를 앞에 두고 있을 때 오번의 조언을
　　들을 생각이 없다는 것입니다. 자물쇠는 이미 진작에 다
　　풀었습니다.

오번: 거봐!

일번: 그리고 일단 상대방이 뭘 원하는지, 자물쇠가 어떤 반응
　　을 보이는지 묻지도 않고 사내 놈들이 일반화시킨 가상의
　　'여자'라는 개념을 진짜라고 착각해 그에 대한 공식부터
　　줄줄 외는 놈이 되면 큰일 난다는 것도 말이다. 야, 너 진
　　짜 반성 좀 해라.

오번: 그러니까 난 말하기 싫다고 했대도?!

일번: 알았어, 알았어. 울지 말고 말해.

오번: 됐어요. 저 곧 도착할 것 같습니다.

일번: 나도 이제 문 연다.

* * *

그때 내 눈앞에는 단출한 양식의 건물 하나가 들어왔지. 기밀성을 위해서였는지 몰라도 그 건물은 주변 거리에 자연스레 녹아들어, 어떠한 감흥도 주지 않기 위해 설계된 것처럼 보였어.

내가 찾은 곳은 바로 제0구역의 전력 통제소였지. 제0구역 전체를 담당하는 식의 대규모 시설은 아니었고 그냥 동 단위를 오가는 주요 케이블의 점검 및 관리를 위해 마련된 공간이었어. 그러니 감시라고 할 것도 거의 존재하지 않았지.

하지만 국소EMP탄으로 성전 주변의 일대만 마비시키려고 한다면 이곳만큼 급소가 되는 곳은 없을 거야. 물론 오랫동안 정지시킬 수는 없겠지만 우리가 바라는 것은 단 5초라는 짧은 시간뿐이었어. 재채기나 한 번 겨우 할 정도의 짧은 순간이지만 이 시간이 지나면 우리가 준비한 온갖 종류의 해킹 프로그램이 폭주해 무간도 가이아의 제0구역을 담당하는 감시위성을 패닉에 몰아넣을 수 있었거든. 덩달아 내가 원하는 자료도 빼내기로 했고.

그러면 그사이 신의 씨앗을 챙긴 일번이 사번을 꺼내고 사번의 능력으로 이번과 나를 챙긴 뒤 삼번의 우주선에 숨어들 예정이었지. 무간도 가이아 전체가 제0구역을 침범한 도둑들을 잡기 위해 정신이 나간 사이 삼번이 귀족들 특유의 패악질을 부리는 연기를 하면서 이 행성을 벗어나면 우리의 계획은 완료되는 것이었어.

나는, 그리고 일번은 자신만만하게 원하는 것이 숨겨진 곳의 문을 열었지. 그리고 그곳에는. 제기랄. 뭇시엘.

'세상에나⋯⋯.'

21

'여기는…… 정말 아름다워.'

일번의 목소리였어. 차분하지만 떨리는 기색을 감추지 못
하더군. 성전의 한가운데, 특수사물 큉 공간 안에 들어간 모양
이었어. 스크린이 아닌 오디오로만 실황을 들으니 그냥 그랬
거니 짐작하는 수밖에 없지만 아마 맞을 거야.

'장미…… 장미야. 이렇게 아름다운 장미 정원은 처음이
야. 이것들은 정말 꽃인가? 하나하나 빛이 나고…… 약동하
며…… 질식할 것만 같은…….'

'일번. 정신 차리십시오. 신의 씨앗이 자신을 보호하기 위해
만든 관념 결계입니다.'

'알아, 아는데…… 맙소사. 나, 울고 있나?'

이번은 조심스러운 말투로 일번을 달랬어. 신의 씨앗이 감춰진 곳임에도 감시 인력이 없었던 이유가 있었지. 물론 그곳이 너무나 신성한 곳이기에 일반적인 인력을 배치하기 어렵다는 탓도 있었지만, 가장 큰 이유는 역시 그 공간에 큉적 특성이 발현되어 주변에 자리한 사람들의 정신에 영향을 미치기 때문이었어.

하지만 우리의 조사로는 그 영향이 구체적으로 어떤 것인지 알아낼 수는 없었어. 자료가 너무나도 부족했거든. 결국 이번이 자이카족의 텔레파시로 최대한 일번의 정신이 붕괴되지 않도록 붙드는 것만이 우리가 준비한 구명줄의 전부였어.

'일번. 그 안에 핀 장미들은 모두 허상일 것입니다. 특수사물 큉 공간이 보여주는 환각일 것입니다. 당신의 정신 안에 침투해서 그 속에 깃든 가장 아름다운 무언가를 반사해서 보여줌으로써 스스로를 지키는 환각일 가능성이 높습니다.'

'알아, 아는데……'

'상자를 찾으십시오. 상자. 신의 씨앗을 품은 상자가 반드시 그 장미 정원 안에 있습니다.'

이번이 나에게 건넸던 자이카족의 손톱에서는 일번의 흐느낌만이 전달되었어. 어떤 우울함이나 비참함에 의한 눈물이 아니었지. 어떤 종류의 경탄, 지고의 기쁨을 맞이했을 때의 순수한 웃음과 같은 울음으로 들렸어.

'암컷 피기어를 봤을 때보다도 더 놀랍군. 그래. 이런 장미가 있다면 저 컬트 중대가리들이나 다른 종교쟁이들이 신의 실존을 의심하지 않는 것도 이해가 가. 이 꽃밭에서 숨을 쉬는 것은 마치…… 새벽의 설산에서 겨울 공기를 들이마시는 것처럼…… 내 오감이…….'

'일번. 일번!'

이번의 목소리가 다급해졌어. 언제나 광석 같던 그 사람도 그 순간만큼은 감정적이 되더군. 아마 텔레파시가 잘 전달이 되지 않는 것에 대한 불안감 때문도 있었겠지 싶어. 자이카족이라면 언제나 텔레파시로 일체화된 감각에 묻혀 사니까.

하지만 역시 프로답다고나 할까. 이번은 일번을 다그치기를 멈추고 그저 심호흡을 반복했어. 바위처럼 숨을 쉬었지. 들이쉬는 데 천년, 내쉬는 데 천년이 걸리는 그런 호흡으로 말이야. 이번이 정신 동조에 집중을 하니 일번도 곧 방금과는 다르게 훨씬 안정적인 어조로 통신을 보내왔어.

'미안…… 미안하다. 그만 꽃에 눈이 팔려서.'

'일번. 상자. 집중.'

이번은 아예 문장을 제대로 구성조차 하지 못하고 단어의 나열로 의사를 전달했지. 정신 동조에 전력을 다하느라 제대로 대화를 할 수가 없었을 거야.

'이곳은…… 무한하게 펼쳐진 장미 정원이야. 다만 내 모든 오감이 극한으로 예민해져서, 이 꽃잎들 하나하나의 흔들림마저…… 내 피부로 느낄 수 있어. 열 걸음 너머에 피어 있는 꽃 한 송이의 향기마저도 맡을 수 있어.'

'집중.'

'걱정 마, 아까처럼 넋이 나간 건 아니니까. 상자는…… 그래. 저기 하나 보이는군. 태모신교의 마크가 그려진…… 그래…….'

'일번. 상자만 들고 와야 합니다. 다른 건 절대로 손도 대지마세요.'

'알아, 안다고. 그나저나 이번. 오번은 왜 얘가 말이 없어?'

'모릅니다. 저는 당신의 정신이 무너지지 않게 하느라 오번에의 내비게이션은 진행하지 못하고 있었습니다.'

'오번? 오번! 무슨 일이야?!'

* * *

그래. 그때 그 오번이라는 놈. 즉, 나라는 놈한테 무슨 일이 있었느냐면 말이야. 그저 놀라고 있었지. 당연히 아무도 없이

197

무인 시스템만 굴러가고 있었어야 할 전력 통제소에 아무도 없지가 않았으니까 말이야.

준비한 자료에 의하면 전력 통제소에는 기계 몇 개와 그걸 관리하는 스크린이 하나 있으면 그게 전부였어. 하지만 내가 들어갔을 때는 그게 그렇지가 않더군. 그래서 일번이 성전의 웅장함에 감탄사를 내뱉는 것을 한 귀로 듣고 한 귀로 흘리면서 대꾸해주는 것조차 잊고 있었지. 눈앞에 서 있는 여자에게 온 신경을 집중하느라 너무 바빴거든.

그 표독스러운 여자. 3반의 반장. 불시의 침입자를 대비해 진즉 총구를 사람의 머리 높이에 겨누고 있더군.

"나니까 능력은 쓰지 마. 어차피 나야 네 기술은 다 파악하고 있지만 서로 얼굴 붉힐 일은 없는 편이 좋지 않겠어?"

"……네가 왜 여기 있냐?"

"글쎄. 굳이 따지자면 그 질문은 내가 해야 하는 거 아닌가? 너는 스파이고 나는 이 행성의 치안과 관리를 맡고 있으니까."

"말장난은 때려치우고."

나는 조심스레 이번이 내게 건넸던 손톱을 주머니 깊숙한 곳에 숨겼어. 내가 수다를 떨고 있다는 것을 들키지 않기 위해서. 최대한 자연스럽게 감추려고 부러 소리까지 내가면서.

"굳이 말하자면 너를 놀래주려고 왔지. 나만 놀라라는 법도 없잖아."

"말은 잘하지."

그 표독스러운 여자는 피곤하다는 듯 한숨을 쉬고는 한마디 내뱉더군.

"오랜만이야."

"그래. 행성 다리고에서 헤어지고 난 뒤로는 처음인가."

* * *

당시 전력 통제소에서 나누었던 대화를 일번이 들었다면 과연 뭐라고 했을까? 뭐 크게 거짓말을 한 건 아니었잖아. 술집에서의 내 과거를 고백했던 날, 나는 나 말고도 생존자가 있었다는 사실을 밝혔지. 그리고 그 생존자들이 태모신교의 감시하에서 살고 있다는 사실도 밝혔어.

그저 그 생존자들을 몰아넣고 감시를 하는 장소가 무간도가이이고, 3반의 반장이 생존자 중 한 명이었다는 것까지 말하지 않았을 뿐이지. 아니, 과연 생존자라고 해도 될까. 어떻게 보면 그 모든 재난의 주범이었으니까. 그 표독스러운 여자는.

"용케 나인 걸 알았네."

"목소리 정도만 들어도 알아. 오랜 사이잖아."

감동을 받아야 하는 건지, 원. 집중이 어렵더군. 일번은 내가 무간도 가이아에 도착하면서부터 평정을 잃었다고 했는데 반은 맞고 반은 틀린 이야기였지. 단순히 이 기괴한 행성에 도착한 것만으로는 정신이 나가지 않았을 거야. 그 표독스러운 여자를 직접 두 눈으로 보게 되면서 맛이 좀 가게 된 것은 맞았지만 말이야.

"농담이야. 호르헤 사제의 기억에서 읽었어. 몇 겹이고 프로텍트가 걸려 있었지만 무간도 가이아의 기술이면 그 정도는 해결 가능해. 네가 호르헤 사제에게 내가 있는 구역으로 가게 해달라고 제안을 했다며?"

"그래서 내 목적과 능력을 알았으니 나를 특정하기는 어렵지 않았겠군."

"아쉽겠어. 너야말로 나를 놀래주고 싶었을 텐데."

"별로."

"연기력 제법이던데. 나를 모르는 척도 하고."

"됐고. 왜 너 혼자 있지? 내가 올 줄 알았으면 다른 사람들도 있어야 하는 거 아냐?"

"다른 사람들 바빠. 그리고 어차피 내가 널 아는데 뭘."

반장은 스크린을 크게 띄워서 나에게 보여주더군. 스크린의 내용은 수많은 철견들이 성전의 진입을 준비하는 실시간

영상이었어. 일번을 사로잡기 위해 특수부대가 파견된 모양이었지.

나는 이번의 손톱을 들어 다시 귀에 갖다 대보았어. 하지만 일번이나 이번이나 현재 특수부대가 움직이고 있다는 사실을 알아차리지는 못한 것 같더군. 그렇게나 많은 드론들을 뿌려놓았는데 단 한 기도 현재 상황을 파악하지 못하고 있었어. 그렇다는 이야기는.

"이제 네가 데려온 다른 동료들은 포획되기 직전이야. 그 사람들을 구하려면 슬슬 네가 뭐라도 해야 하는 거 아냐?"

"친절도 하시군."

'누님들, 도망치셔야 합니다. 누님.'

'오번? 무슨 일이야? 왜 계속 대답이 없었어?'

'여자한테 걸렸습니다. 하지만 지금 그게 중요한 것이 아니고, 철견 떼들이 누님들 있는 쪽으로 가고 있어요. 계산한 대로라면 3분 남았습니다.'

22

"이상하군. 왜 아무런 조치도 취하지 않지? 동료들의 목숨을 구해야 하지 않아?"

"글쎄."

"아하, 이미 다른 방식으로 전달했구나. 과연."

"왜 그렇게 생각하지?"

"너는 언제나 가장 소중한 것에 대해서는 관심 없다는 듯이 굴잖아."

스크린에는 온갖 장비로 무장한 철견들이 진입을 준비하고 있었지. 일번의 능력은 질량등가치환. 기술의 숙련도만 높다면 약간의 힘만 써도 수십, 수백을 학살할 수 있는 힘이라지만 이런 종류의 진입 작전을 전문적으로 하는 특수부대라면 이야기는 달라질 거야.

나는 이번이 중계하는 텔레파시에 집중하려고 안간힘을 썼어. 하지만 제대로 된 문장 구성을 갖춘 이야기는 전달되지 않더군. 일종의 다급함, 흥분, 긴박감만이 다가왔지. 어쨌든 내 경고는 잘 들은 모양이었어. 하지만 시간을 맞출 수 있을지는 정말 모르겠더군.

"안에 있는 사람 둘 중 하나는 질량등가치환을 씁니다. 시야를 못 쓰게 만들면 능력의 활용도가 현저히 떨어지니까 연막부터 쓰도록 해주세요."

─카피.

─팀원 전원 적외선 시야 발동했습니다. 연막 사용 준비 마쳤습니다.

"진입하세요."

쾅, 하고 스크린 너머에 커다란 폭발이 비춰지더군. 만약 우리가 부비트랩을 설치했을 가능성을 염두에 두고 성전의 출입구를 아예 날려버린 모양이었어. 우리는 사업을 하는 비즈니스맨이지 게릴라가 아니었으니 그런 비인도적 물건을 설치하진 않았는데.

다음으로는 연막탄이 던져졌지. 반장도 진압 부대와 시야를 공유하기 위해 화면의 설정을 일반 시야 모드에서 적외선 시야로 바꾸었어. 그 안에 들어간 사람들의 실루엣과 폭연으로 화면이 가득 찼기 때문에 성전 안의 상황이 어떤지는 제대로 인지가 되지 않았어.

'누님. 누님. 진압 부대가 1층을 뚫었습니다. 2층, 3층으로 직행할 겁니다.'

'젠장, 얼마나 남았는데? 우리 아직 3층이야.'

'움직임이 잽쌉니다. 3분이 아니라 2분으로 잡아야 될 것 같아요. 그리고 연막탄을 쓰고 있습니다.'

'내 능력을 알고 제대로 노렸군. 새끼들.'

진압 부대가 성전의 2층으로 올라갈 때 그 순서도 처음과 크게 다르지 않았어. 입구 확인. 폭탄으로 위협 요소 제거. 연막탄 투척. 진입. 원래대로라면 이번은 일번이 나올 때까지 2층에서 대기를 하고 있을 예정이었어. 하지만 진압 부대가 비추는 화면 안에는 이번의 모습을 찾을 수 없었지.

'누님. 2층 올라갔습니다.'

'이번은 방금 3층 안으로 들어와서 나랑 합류했어. 곧 나갈 거야. 걔네 숫자는 어떻게 되냐?'

'서른 남짓입니다. 그리고 성전 주변을 포위하고 있는 인력도 따로 있습니다.'

'알았어.'

"텔레파시? 대단한데. 성전의 차폐막을 뚫을 정도의 퀑이면 아주 특화된 퀑이겠어."

"무간도 가이아잖아. 이 정도의 준비는 했어야지."

"그래서, 네가 합류할 때는 평계가 뭐였어? 돈? 명예?"

"너를 비롯해 행성 다리고의 사건과 연루된 태모신교 관계자들의 명단을 찾으러 왔다고 했지."

"솔직하기도 해라. 그 사건의 주범인 내가 여기에 있을 거라는 이야기는 쏙 빼놓은 것 빼곤 참 솔직했네."

"감정의 흐름을 읽는 퀑한테 자질 심사를 받아야 했거든. 디테일은 숨겨도 방향은 밝혀야 했어."

그 순간 스크린에 수많은 신호가 떴지. 나는 바로 이해하기 어려운 종류의 부호들이 많이 있었지만 아마 본격적인 진압에 들어가기 직전의 사인이었을 거야. 반장은 손을 들어 나와의 대화를 잠깐 멈춘 뒤 다시 진압 부대와의 통신에 집중했어.

—마지막 층입니다. 1층과 2층은 레이더 반응이 잡히지 않았습니다.

"3층은요?"

—성전의 사물 퀑 구역이라 문이 닫힌 상태로는 탐지가 불가능합니다. 하지만 출구는 모두 봉쇄했고 위성에도 질량의 이동이 잡히지 않았습니다.

"좋습니다. 돌입하세요."

다시 한번. 입구 확인. 폭탄으로 위협 요소 제거. 연막탄 투척. 진입. 일련의 공정이 다시 한번 반복되었어. 하지만 앞서와 다른 점이 있다면 육성으로 경고를 더했다는 정도가 있었지.

─진입했다! 범인은 손을 들고 앞으로 나와라! 능력은 쓰지 마라! 게오르그 필터에 조금이라도 흔들림이 생기면 발포한다!

─항복해라!

─앞으로 나와! 앞으로…….

─세상에나, 뭇시엘…….

스크린 너머의 진압 부대는 경악을 멈추지 못하더군. 하하. 그래. 세상에나, 뭇시엘. 도대체 이 작전을 위해 내가 얼마나 고생을 했는지.

"무슨 일이죠? 어떻게 된 것입니까? 현장 보고하세요!"

─아무것도…… 아무것도 없습니다.

"범인이 없다고요?"

─범인만이 아닙니다. 3층 전체가 텅 빈 공간입니다! 사물큉 공간조차 아닙니다!

* * *

"대단하군. 인상적이야."

"그렇지?"

"네 동료들은 어디 있지? 아니, 신의 씨앗은? 성전의 3층은?"

"방금까지는 내 주머니 안에 있었지."

"설마······!"

반장은 무슨 일이 있었는지 바로 알아차린 것 같더군. 그래, 맞아. 진압 부대가 들어간 성전은 가짜 성전이었어. 내가 호르헤 사제를 돌보는 동안 일번은 행성 칼바리오의 건축업자들을 들들 볶아가면서 이 작전에 쓸 가짜 성전을 건설했지. 나는 완성된 가짜 성전을 2차원 평면 공간에 수납해서 삼번을 통해 무간도 가이아로 밀수했고.

작전에 내 능력이 가장 필요했던 것도 이 때문이야. 진압 부대 혹은 추격대를 교란할 작전이 필요했어. 그리고 내 능력이라면 간단하게 가짜 성전을 무간도 가이아에 가져갈 수도, 진짜 성전을 2차원 평면 공간에 가둔 뒤 보다 안전한 곳에서 해방해 사업을 진행할 수도 있었으니까. 어르신이라는 사람의 잔꾀였지.

내 파장이 무간도 가이아 감시위성의 게오르그 필터에 읽히지 않는 한에서 성전을 평면 공간 안에 집어넣어야 했어. 정말 대단히 힘든 작업이었다고. 정말이지 일번을 만난 이후로 내내 수련을 해서 겨우 해내게 된 묘기야. 너무 피곤한 작업이라 하루에 한 번이나 하면 다행인 일이었지. 구룡도의 선글라스가 무간도 가이아에서도 먹혔다면 이런 생난리를 부리지 않아도 되었을 텐데.

우리가 말한 3분이라는 제한 시간은 진압 부대가 들어가서 일번과 이번을 찾아낼 때까지의 시간이 아니라, 일번과 이번이 애초에 그곳에 있지 않았다는 것을 깨달을 때까지의 시간이었어. 일번이 진짜 성전을 어디까지 들고 가서 신의 씨앗을 찾아냈는지는 나도 몰랐으니, 철견들이 상황을 완전히 파악할 때쯤이면 우리는 모두 무간도 가이아를 떠나 집으로 돌아갈 수 있다는 계산이었지.

그러니까, 어디까지나 내가 아무에게도 들키지 않고 0구역의 전력 통제소를 마비시켰을 때의 이야기였지만 말이야.

'야! 오번! 우리 다 나왔다! 물건 챙겼고! 왜 대답이 없어? 여자를 만났다는 건 도대체 무슨 개소리냐?'

'니네는 사람을 무슨 소환수처럼 취급하냐? 귀찮을 땐 2차원에 가둬놓고 필요할 땐 현실로 다시 꺼내놓고! 어!'

'너마저 끼면 복잡해지니까 지금은 좀 닥쳐, 사번!'

머리를 지끈지끈 울리는 텔레파시 속에서 나는 도무지 어떻게 대답을 할 수 있을지 감이 오지 않더군. 게다가 이 곤란한 상황에 대해서는 그 표독한 여자가 가장 잘 파악하고 있고 말이야.

"아마도 네가 여기에 온 것은 전력 통제소를 마비시켜서 위성의 감시를 완화한 후 그사이 섭외한 순간이동 능력자를 이용해 탈출하기 위함이었겠지."

'야, 오번. 잡혔냐? 문제 터졌어?'

"그래.'"

"하지만 네가 여기에 온 것을 나한테 들킨 데다가 나한테 들켰다는 사실 또한 네 동료들에게 들켜버렸지."

'해결할 수 있겠어?'

"'응.'"

"어떻게 할 거야?"

'어떻게 할 거야?'

두 여자가 나한테 동시에 닦달하는 상황이라. 내 인생에 그리 흔하게 있던 일은 아니었는데. 익숙한 일은 아니기는 했지만 어쨌든 내가 해결해야 할 상황이었어. 정말이지 두 손을 다 들 수밖에 없었지만.

"이번 작전을 시작하면서 들은 이야기가 있어. 차원전환 큉들은 우주에서 제일가는 욕심쟁이들이라는 거야. 그래서 그 큉들이 가슴에 무엇을 품었는지 무엇을 갖고 싶어 하는지를 알면 그 큉이 보인다는 거지. 하지만 나는 가슴에 품을 것이 아무것도 없는 차원전환 큉이었어. 내가 갖고 싶은 것들, 내가 지키고 싶은 것들은 이미 사라진 지 오래였으니까.'"

입으로. 또 머리로 동시에 내가 생각하는 것을 전달하려니 조금 버벅거리게 되더군. 하지만 그 수밖에 머리에 떠오르지가 않았다고.

"그런데 네 얼굴을 보니 생각이 달라지더군. 나는 가슴에 아무것도 품지 않고 있는 것이 아니었어. 공허를 품고 있었지. 내 안의 텅 빔 자체가 바로 나였어. 그러니 다른 모든 적들을 뒤로하더라도, 너만이라도 이 세상에서 지울 수 있다면 무슨 일을 해도 손해가 아닌 셈이야. 이렇게 말을 하면 내 선택이 납득이 갈까?'"

'오번, 이 멍청아! 사번 데리고 갈 테니까 너 거기 꼼짝 말고 있어라, 너!'

'누님, 누님도 아시지 않습니까. 이 방법밖에 없습니다.'

'야! 야, 인마!'

'저는 괜찮습니다. 수녀님이랑 잘 지내십쇼.'

결단 뒤에는 실행만이 남았어. 기술을 쓸 필요도 없었으니까. 아날로그적으로, 준비한 폭탄의 폭발 단추를 누르기만 하면 되었으니까. 커다란 빛이 있었어. 다음으로는 약간의 진동과 대규모의 정전 그리고 긴 침묵만이 뒤를 이었지.

23

그리고 다들 어떻게 되었냐. 글쎄다. 그리고 오래오래 다들 행복하게 살았습니다, 로 끝나면 얼마나 좋겠냐만 일이 꼭 그렇게 흘러가지는 않더라고. 너무 뻔한 이야기인가. 우선 사번이 특히 그랬지. 이 약쟁이는 성공 보수를 받자마자—일번에게 진 빚을 갚느라 생각만큼 남은 돈이 많지는 않았지만—다시 아편굴로 돌아갔거든.

여기까지면 해피엔딩이었을 텐데 말이야. 일번이 저 새끼 저렇게 사는 꼴을 못 보겠다면서 잡아다가 갱생시설에 던져버렸지 뭐야. 결국 사번은 울며 겨자 먹기로 약 대신 치료제를 맞아가며 디톡스 중이라고 해.

삼번도 끝이 안 좋았지. 자주 말했지만 삼번 같은 인재는 뒷골목 세계에서 아주 귀하거든. 무간도 가이아를 마지막으로 은퇴하겠다고 공공연히 떠들고 다녔지만 그 재주를 가만히 내버려둘 조직이 어디 있겠어?

결과적으로 삼번은 은퇴가 어렵다는 것을 깨닫고는 아예 간부로 승진을 해버렸지. 어르신도 삼번의 짬밥을 생각하면 계속해서 현장 일만 시키기 궁색하기도 했고. 이쪽 일에서 손을 씻기는커녕 더 깊숙하게 발을 담그게 된 거야.

그나마 현상 유지를 한 것은 이번이었군. 애초에 자이카족으로 어르신의 수족과도 같은 역할을 맡았으니 더 나아질 일도 없지만 더 나빠질 일도 없었어. 그저 평소와 마찬가지로 침묵을 지키면서 범죄자들의 비밀을 은밀히 전달하는 역할을 맡아 가장 위험한 곳에서 가장 안전한 사람으로 지내겠지.

최악의 마무리는 역시 일번이었어. 이 사람의 인생이야말로 동정할 수밖에 없지. 사업을 마치고서 일번의 주가는 개구리처럼 뛰어올라 8우주에서 가장 유명한 도선생이 되었지. 무간도 가이아마저 털어버린 일번이었으니 그 명성 어디 갔겠어? 하지만 도선생이라는 직업의 아이러니는 명성이 오를수록 도선생질을 하기 힘들어진다는 것에 있지.

일번은 결국 손을 씻지는 못했어. 씻을 수 있는 손이 없어졌거든. 손을 잘랐지. 어르신 입회하에서. 어르신도 컬렉션을 하나 늘린 거지. 일번은 그간 벌어들인 그 큰돈으로 생체 복원 시술을 받기는 했지만 이 사람은 애초에 제3종 큉이었어. 어떤 수술로도 큉 능력을 되살릴 수 없을 거야. 아무것도 훔칠 수 없는 도둑이 된 거지.

본인 말로는 시술이 완료될 때까지 귀찮게 손톱을 깎지 않아도 되겠다며 좋아했다나. 하지만 앞으로 다시는 현장에서 그 섬세한 큉 기술을 쓰는 모습을 볼 수는 없다 생각하면 참으로 안타깝지. 결국 이 사람은 다른 방면으로의 재능을 발휘하며 살게 될 거야. 천부적인 기둥서방 체질이었으니 어르신의 비호 아래에 세워진 고엘 정교회의 고아원에서 수녀님 수발이나 들면서 여생을 마무리하게 될 거라고.

"결국 오래오래 다들 행복하게 살 거라는 이야기네."

그런가?

"읽을 거 다 읽었으니까 이제는 말로 해도 돼."

"그런가?"

"응. 방첩 활동 수고하셨습니다, 윤 사제님."

"별말씀을. 유진 반장님."

* * *

"이번 신의 씨앗은 장미꽃으로 피어났군. 낭만적인데."

"일번 덕분이지. 그 사람 취향이 괜찮아."

나는 소파에서 일어나 자세를 바로 하고 앉았다. 유진, 저 표독스러운 계집애만 있으면 모르겠는데 어쨌든 그 자리에는 내 기억을 중계하기 위해 검은 사제단의 감찰 대원까지 와 있었으니까. 오랜 시간 동안 과거를 반추하다 다시 육성을 사용하니 꿈에서 막 깨어난 것처럼 입이 잘 움직이지 않는다.

무간도 가이아에서 신의 씨앗을 훔친다는 대업적을 이룬 날, 내가 전력 통제소에서 터뜨린 폭탄은 섬광탄과 EMP탄의 조합일 뿐이었다. 일번은 드론을 통해 예전에 바꿔치기를 해 놓았던 폭발 장면을 생중계로 착각하고 보면서 내가 죽었으리라 생각했겠지만 말이다. 유진과 나는 잠깐 동안 눈을 감아야 하는 정도의 피해만 입었을 뿐이고.

그리고 며칠의 정리 기간을 보낸 뒤 오늘은 정식 보고를 하는 날이었다. 검은 사제단의 감찰국 요원이 기억 읽기 능력으로 중개하는, 방첩 활동의 특수임무를 맡은 사제와 무간도 가이아의 반장 사이의 보고.

"이상한 게 아니니 다행이야. 호르도스 가문에 배달된 상자는 목표를 이뤘나?"

"응. 호르도스 남작 부인과 호르도스 남작이 있는 침실에서 터졌다고 하더군. 몰래 고엘 정교회 측에 붙어서 뒷공작을 해온 대가라 생각하면 사실 그조차도 싸지."

일석삼조의 작전이었다. 수많은 골치 아픈 문제들에 대한 해법으로 종단은 외부의 개입을 위장해서 신의 씨앗을 빼돌리기로 결론을 내렸고 이 작전은 꽤나 예상만큼의 성과를 올렸다.

우선적으로는 신의 씨앗에 대한 평의회의 감사를 피할 수 있었다. 다음으로는 아닌 척을 하면서도 고엘 정교회에 후원을 하고 종단에 훼방을 놓던 호르도스 남작 가문에 폭탄을 배달할 수 있었고. 마지막으로는 종단의 눈길이 닿는 곳에 신의 씨앗을 몰래 숨겨놓을 수 있었다. 고사 그대로, 태모신교답게 우리는 모닥불 속에 떨어진 열쇠를 줍기 위해서 기름을 한가득 부었던 것이다.

일번은 아닌 척하면서도 성전에서 보았던 장미 정원에서 장미 한 송이를 훔쳐 갔다. 성전은, 그 사물 킹 공간은 정체 모를 상자 따위를 감추는 금고가 아니다. 그 공간에 들어간 사람이 가장 바라는 것을 비추는 거울이다.

그리고 일번의 소망은 바로 장미 한 송이였다. 사랑하는 이가 가꿀 정원에 바칠. 신의 씨앗으로부터 덜 위협적인 싹을 틔울 것이라 생각해 정한 인선이기는 하지만 그렇게까지 풍취가 있을 줄은 우리도 계산하지 못한 일이었다.

"신의 씨앗은 이제 일번이 수녀에게 선물해 둘만의 장미 정원에 심어질 거야. 천 년에 걸쳐 씨앗은 싹이 트고 잎이 자라 꽃을 피우겠지."

"못 본 동안 시인이 다 되어서 돌아왔네."

"그런가."

"응."

나는 자리에서 일어났다. 이 작전에서 무간도 가이아 측 관리를 맡았던 3반 반장, 유진과의 회의가 끝났으니 더 이상 자리를 지키고 있을 이유가 없었다. 사제직을 얻은 뒤에야 겨우 만나게 되었지만 아직은 여기까지가 내 한계다.

마지막으로 유진의 얼굴을 바라보았다. 여전히 어릴 때 얼굴의 그 흔적이 남아 있다. 저 원수 같은 인간. 꼴도 보기 싫은 것. 생각만 해도 한숨만 나오는 사람. 일번 누님. 이 여자입니다. 저를 돌아버리게 만드는 여자. 제 가면 안에 숨겨진, 제가 가슴에 품고 있는 비밀.

"호르헤 사제…… 아니, 호르헤 철견님께 안부 전해줘. 잘 지내시라고."

"알았어. 너도 무간도 가이아 3반 일동 모두 두단 님의 협조에 감사드린다고 전해드려."

* * *

우주선에 돌아와 일단 샤워를 시작했다. 뜨거운 물에 몸을 적시니 정신이 돌아오는 것 같다. 그동안 세상의 홍진에 시달린 것을 생각하면 몇 번을 씻어야 속세의 때가 지워질지 감도 오지 않는다. 하지만 그래도 방첩 활동이라는, 성가시기 짝이 없는 업무를 예상대로 마친 것만으로도 어깨가 가볍다.

무엇보다도 그 멍청하게 생긴 가면을 쓰지 않아도 되니 상쾌하기 그지없다. 나는 씻고 나오면서도 몇 번이고 화장실의 거울을 바라보며 내 잘생긴 얼굴을 확인했다. 하, 그 철깡통 같은 가면에 벌레 먹은 얼굴 가면을 더한 이중 함정이라니. 작전 내내 어찌나 갑갑해서 혼이 났는지. 아무리 신중에 신중을 가해야 했다고는 해도 다시는 뭘 뒤집어쓰고 싶지 않다.

일번이 내 진짜 얼굴을 보게 되면 뭐라고 할지 궁금해졌다. 화를 낼까? 웃어넘길까? 글쎄다. 어쨌든 내가 그 사람 앞에서 한 말이 거짓말은 아니었다. 부분적 진실이었을 뿐이지. 나와 내 고향을 비극으로 이끈 것은 종단이었고 그 참사 속에서 나를 구한 것도 종단이었을 뿐이다. 그리고 애초에 그 영감탱이는 종단 사람이었고.

"아차…… 깜빡했네."

나는 소거제를 꺼내 몸에 발랐던 위장용 크림도 닦아냈다. 평면 공간에 가둔 뒤 내 몸에 동기화를 해서 감춰놓았던, 위장용 크림으로 모습마저 숨겼던 문신 같은 지갑의 모습을 보니 정말로 작전이 끝났다는 실감이 났다.

샤워기를 끄고 몸에서 지갑을 꺼내 내용물을 확인했다. 무기도, 돈도, 장비도, 바이크도, 마을도 모두 전에 넣어놓았던 그대로 접혀 있었다. 일번이 주완이라는 사람의 조언을 제대로 새겨들었다면 내 몸을 보고서 아무것도 품지 않았다는 것에 안심할 게 아니라 아무것도 품지 않도록 위장했으리라 의심해야 했을 텐데. 나는 그중에서 옷장을 담아둔 평면 공간을 찾아 꺼냈다.

옷을 입기 전에 물기부터 털기는 해야겠지만 그 전에 팔찌부터 찾아 손목에 찼다. 일번이 이 팔찌를 클럽 팔찌라고 착각을 해서 나를 그곳에 끌고 간 이후로 팔찌를 차고 다닐 수가 없었다. 작전 내내 이 팔찌의 무게 감각이 느껴지지 않아 얼마나 어색했는지. 하지만 아무리 그래도 유진 앞에서 이 팔찌를 낀 모습을 보이고 싶지는 않았다.

"뭘 그렇게 오래 씻어?"

"누구세요?"

"나야, 감찰국 행동 대장."

"사형?"

욕실 바깥에서 들려오는 목소리에 나는 재빨리 물기를 털고 타월을 두른 뒤 밖으로 나갔다. 과연 그곳에는 우리 구슬 대가리 선배가 의자에 앉아 나를 기다리고 있었다. 하루 종일 기억 읽기를 중계하느라 피곤하다는 기색 한번 역력한 얼굴로.

"사제로 복직하려면 멀었으니 사형이 아니라 선배라고 불러야지."

"뭐야, 저 임무 마쳤는데도 복직하는 거 아네요? 다시 뺑뺑이 도는 겁니까?"

"뺑뺑이는 뺑뺑인데 네가 원하던 뺑뺑이다. 드디어 국장님이 허락해주셨어. 네 다음 행선지는 행성 토루의 렝 수도원이야."

"뭇시엘! 드디어!"

"야! 춤추지 마! 흔들리는 거 보인다!"

나는 덩실거리던 춤 동작을 멈추고 냉장고에서 맥주 두 캔을 꺼내 하나는 내가 마시고 다른 하나는 구슬 대가리 선배에게 건넸다. 축배의 시간.

"나는 네가 뭐 그리 신이 나는지 이해가 가질 않는다니까. 감찰 대원 육성 과정이 어디 그렇게 만만할 것 같아? 지옥 같은 훈련만 하게 될 텐데."

"아, 데바들 등쌀은 없지 않습니까? 게다가 사제 학교 출신이 아닌 저 같은 놈이 출세할 길이 또 있기나 해요?"

"그렇다고 이 전쟁터에 발을 들이밀겠다고? 하여튼 차원전환 큉들 미친 건 알아줘야 해."

수백의 기포가 식도를 쓸어내리며 내장을 적신다. 어휴, 이 영혼의 엔진오일. 취해서 헛소리나 하지 않을까 잔뜩 긴장하며 술을 쓸어 담아야 했던 요 몇 달간을 보상받는 맛이다. 하지만 구슬 대가리 선배는 내 기쁜 표정이 아직도 영 마뜩잖은 모양이다.

"도대체 뭐가 좋아서 이 짓거리를 하겠다는 건지……."

글쎄. 일번은 큉 능력으로 그 사람이 앞으로 잃어버릴 것을 알 수 있다고 했다. 그리고 자기가 갖고 싶은 것을 손에 넣기 위해, 잃어버린 것을 되찾기 위해 그 손을 버렸다.

아마 나도 마찬가지이지 싶다. 가장 가슴에 품고 싶은 것을 얻기 위해서, 잃어버린 것을 되찾기 위해서 지금 가슴에 품은 것을 버릴 장소가 필요하다. 대충 무간도 가이아 정도 되는 넓이의 장소가 말이다. 그리고 지금 무간도 가이아의 총장은 예전 보안국 출신이라지. 그렇다. 결국 나는 일번이 말한 그 수준밖에 안 되는 남자인 것이다.

"그건 바로 제가 사랑과 보복의 종교인 태모신교 사제이기 때문이죠! 종단에 온몸을 다 바쳐서라도 충성하겠다고 서약한!"

"거 뭐 술자리에서 그런 개소리를 하고 그러냐."

"사제들 술자리라는 게 원래 이런 것 아니겠습니까?"

나는 미소와 술을 들이켜며 내 두 명의 스승을 떠올렸다. 일번과 호르헤. 하찮은 밑바닥 길거리 속의 쓰레기 잡킹들. 너무나도 누군가를 사랑한 나머지 손을 자르고 팔을 뜯어가며 살아가는 미친 욕심쟁이 인간들. 8우주에 있어서는 안 될 물리적 오류들. 부디 이 멍청이들에게 은총 있기를. 뭇시엘.

무간도 가이아의 성소 : 덴마 어나더 에피소드 3

© dcdc, 2019

초판 1쇄 인쇄일 2019년 7월 23일
초판 1쇄 발행일 2019년 8월 20일

지은이   dcdc
펴낸이   정은영
편집   안태운 김정은
마케팅   이재욱 백민열 이혜원 하재희
제작   홍동근

펴낸곳   (주)자음과모음
출판등록   2001년 11월 28일 제2001-000259호
주소   04047 서울시 마포구 양화로6길 49
전화   편집부 (02)324-2347, 경영지원부 (02)325-6047
팩스   편집부 (02)324-2348, 경영지원부 (02)2648-1311
E-mail   neofiction@jamobook.com

ISBN   978-89-544-3997-8 (04810)
           978-89-544-3994-7 (set)

이 도서의 국립중앙도서관 출판예정도서목록(CIP)은 서지정보유통지원시스템 홈페이지
(http://seoji.nl.go.kr)와 국가자료공동목록시스템(http://www.nl.go.kr/kolisnet)에서
이용하실 수 있습니다.(CIP제어번호: CIP2019027770)